De Cock en moord op termijn

A. C. Baantjer

De Cock

en moord op termijn

eerste druk juni 1985
tweede druk augustus 1985

Fontein Paperback

ISBN 90 261 0219 4
© 1985 Uitgeverij De Fontein bv, Postbus 1,
3740 AA Baarn
Omslagfoto: Ronald Sweering

All rights reserved. No part of this publication may be reproduced
or transmitted, in any form or by any means, without written
permission from the publisher.

Verspreiding voor België:
Uitgeverij Westland nv, Schoten

1

Rechercheur De Cock van het oude politiebureau aan de Amsterdamse Warmoesstraat, trok met een gebaar van ingehouden woede een blad van een proces-verbaal uit zijn schrijfmachine en begon te lezen. De tikfouten in bijna elke regel ergerden hem. Sinds de luitjes van de afdeling Voorzieningen zijn oude trouwe Remington bij hem hadden weggehaald en vervangen door een grommend elektrisch schrijfmonster, dat al ratelend in beweging kwam wanneer zijn te dikke vingers maar even de toetsen raakten, kwam er geen behoorlijk werkstuk meer uit zijn handen. Wat wild duwde hij de schrijfmachine van zich af en keek naar Vledder, zijn assistent.
De jonge rechercheur gniffelde.
'Zal ik het even voor je overtypen?'
De Cock knikte gelaten.
'Als ze vandaag of morgen een computer voor mijn neus zetten,' bromde hij, 'ga ik onmiddellijk met pensioen.' Hij reikte het blad met tikfouten aan Vledder. 'Vroeger schreven we die dingen met de hand.'
'Dat waren nog eens tijden,' snoof de jonge rechercheur spottend.
De Cock reageerde fel. 'Ja, dat waren nog eens tijden. De wereld zat toen heel wat gemoedelijker in elkaar dan tegenwoordig.'
Vledder pakte een blanco vel uit de lade van zijn bureau en schoof dat in de machine. 'Toen,' sprak hij achteloos, 'werden er ook moorden gepleegd.'
De Cock knikte. 'Zeker, maar niet zo veelvuldig. Het schokte de mensen nog. Men sprak erover. Moord was nieuws voor de frontpagina. Dagenlang. En nu... zes regels op pagina vier, derde kolom.'
Vledder glimlachte. Zijn vingers gleden over de toetsen. 'Je hebt alleen maar de pest in omdat je die machine niet baas kunt.'
De Cock zweeg.
Jan Kusters, de dienstdoende wachtcommandant, kwam de recherchekamer binnen. Zijn gezicht stond zorgelijk. Hij stevende op de oude rechercheur af. 'Ik... eh, ik heb beneden een jongen van achttien jaar met twee wikkels cocaïne.'
De Cock keek op. 'En? Dat is een zaak voor de narcoticabrigade.'
Kusters zuchtte diep. 'Dat weet ik, maar hij heeft buiten die twee wikkels ook nog eens honderdduizend gulden bij zich.'

De Cock veerde verrast van zijn stoel omhoog.
'Wat?'
'Honderdduizend gulden... een ton. Vier plastic zakjes met elk vijfentwintig bankbiljetten van duizend gulden. De agenten die hem op de Zeedijk hadden aangehouden, vonden de zakjes toen ze hem hier aan het bureau fouilleerden. Hij had ze heel zorgvuldig met verbandpleister om zijn middel geplakt.'
'Vreemd.'
Jan Kusters knikte. 'Dat zei ik hem ook. Maar volgens hem was dat de beste manier om het geld tegen straatrovers en zakkenrollers te beschermen.'
'Had hij verder nog iets bij zich?'
'Niets bijzonders. Een gewone portefeuille met een paar honderd gulden. Verder een rijbewijs en het kenteken van een Porsche.'
De Cock floot tussen zijn tanden.
'Een pittig dure wagen. Nieuw?'
'Nog geen half jaar oud.'
De oude speurder wreef zich nadenkend over zijn kin. 'Die... eh, die bankbiljetten van duizend... zijn die echt? Ik bedoel... het zijn geen falsificaten?'
Jan Kusters schudde zijn hoofd. 'Beslist niet. Het zijn gave biljetten. Zo te zien al geruime tijd in omloop.'
'Hoe komt die jongen aan dat geld?'
De wachtcommandant schoof een stoel bij en ging er op zitten. 'Hij wil er niets over zeggen. Maar dat kan natuurlijk nooit goed zijn. Achttien jaar. Dat is toch geen leeftijd om...'
De Cock onderbrak hem. 'Is het een dealertje?'
Jan Kusters trok zijn schouders op. 'Volgens mij niet. En hij lijkt uiterlijk ook niet op een junk. Ik heb hem aan het hoofdbureau opgevraagd. Hij komt niet voor. Hij is nog nooit met de politie of justitie in aanraking geweest.'
De Cock schudde zijn hoofd. 'Een jongen met een blanco strafregister en een ton op zijn buik. In dit idiote bureau maak je van alles mee.' Hij leunde in zijn stoel achterover en zuchtte diep. 'Breng hem maar naar boven... met zijn papieren en zijn geld... zullen we zien wat we uit hem kunnen krijgen.'

De jongeman was keurig gekleed. Hij droeg een sportieve, donkerblauwe blazer op een lichtblauwe pantalon met een scherpe vouw.

Het springerige, blonde haar was Amerikaans kort geknipt. In een licht gebronsd gelaat blikten een paar helderblauwe ogen waakzaam rond.
De grijze speurder boog zich naar hem toe. Om zijn lippen danste een zoete glimlach. 'Mijn naam is De Cock,' sprak hij vriendelijk, 'met ceeooceekaa. En met wie heb ik het genoegen?'
'Casper... Casper van Hoogwoud. Het staat overigens in het proces-verbaal dat ze van mijn aanhouding hebben opgemaakt.' Het klonk als een terechtwijzing.
De Cock hield de glimlach op zijn gezicht. 'Casper van Hoogwoud,' herhaalde hij. 'Een mooie naam.'
'Vindt u?'
De Cock knikte.
'Het heeft een aangename klank. Naar mijn gevoel gaat achter zo'n naam een prettig mens schuil.'
Het complimentje kreeg niet de uitwerking die De Cock beoogde. Casper van Hoogwoud werd er niet milder door gestemd. Hij keek de rechercheur argwanend aan.
'U verwacht toch niet van mij, dat ik mij tegenover u prettig en aangenaam zal gedragen?'
'Dat verwacht ik wel.'
De jongeman schudde resoluut zijn hoofd. 'Ik voel daartoe geen enkele behoefte. Ik ben nogal bruut van mijn vrijheid beroofd en men heeft mij mijn geld afgenomen.'
'Uw geld?'
'Zeker.'
'Hoe komt u aan dat vele geld?'
Casper van Hoogwoud reageerde nukkig.
'Ik heb het niet gestolen.'
De Cock spreidde zijn beide handen.
'Er zijn buiten diefstal nog tal van andere ongeoorloofde manieren om aan geld te komen. Het Wetboek van Strafrecht staat er vol van.'
De jongeman wuifde achteloos.
'Ik ben in uw wetten niet geïnteresseerd,' sprak hij hautain. Hij strekte zijn rechterhand naar de plastic zakjes op het bureau. 'Dat geld is mijn eigendom. U mag rustig denken dat ik het op een misdadige manier heb verkregen, maar zolang u dat niet kunt bewijzen, blijft dat geld van mij.'
De Cock glimlachte.

'U vergeet de inquisitie.'
Casper van Hoogwoud keek de speurder onderzoekend aan.
'Wat is de inquisitie?'
'Rijksbelastingen. Die hanteren nog het inquisitie-principe van de omgekeerde bewijslast.'
De jongeman fronste zijn wenkbrauwen.
'U bedoelt, dat ik aan de belastingen wél zou moeten bewijzen hoe ik aan dat geld kom?'
'U kunt op een forse aanslag rekenen.'
Casper van Hoogwoud verschoof iets op zijn stoel.
'Ik heb het geld verdiend met gokken.'
'Illegaal?'
'Inderdaad.'
De Cock plooide zijn lippen in een tuitje.
'Ik neem aan dat u om principiële redenen mij de plek van het gokhuis niet wilt noemen.' In zijn stem trilde een licht sarcasme.
Casper van Hoogwoud grijnsde. 'Heel juist.'
De Cock wreef met zijn hand over zijn breed gezicht. Het vraag en antwoord-spel amuseerde hem. De jongeman was hem niet onsympathiek. Integendeel. Casper van Hoogwoud, zo vond hij, etaleerde voor zijn achttien jaren al een bijzondere volwassenheid.
'U bent verslaafd?'
'Nee.'
De Cock veinsde verbazing.
'U kocht twee wikkels cocaïne.'
'Die waren voor mijn broer.'
'En die is verslaafd?'
'Ja.'
'Waarom koopt uw broer niet zelf zijn drugs?'
'Marcel is ziek.'
De Cock schoof zijn onderlip vooruit.
'Zo ziek, dat hij niet meer op pad kan?'
Casper van Hoogwoud antwoordde niet direct. Voor het eerst tijdens het onderhoud toonde hij enige onzekerheid. Zijn tong gleed langs zijn droge lippen.
'Marcel heeft AIDS.'

Ze reden met de politie-Volkswagen van de steiger achter het bureau weg. Vledder zat achter het stuur. De Cock had zich naast Casper

van Hoogwoud achterin genesteld. Hij keek langs hem heen naar de felle lichtreclames van het Damrak. De jongeman verschoof iets. Hij had zich weer volkomen in bedwang.
'Ik protesteer tegen het feit, dat u mijn geld heeft achtergehouden,' sprak hij kalm. 'Dat is beslist niet vertrouwd. Het zou niet de eerste keer zijn dat er in een politiebureau iets verdwijnt.'
De Cock maakte een hulpeloos gebaar. 'Ik heb mij strikt aan de voorschriften gehouden. U hebt van mij een bewijs van ontvangst gekregen. Morgen neem ik via de commissaris contact op met de Officier van Justitie. Die moet maar beslissen wat er met het geld gebeurt. De verklaring, dat u die honderdduizend gulden met gokken hebt gewonnen, neem ik niet serieus. Voorlopig houd ik het er op, dat het geld bestemd was voor handel in drugs.'
'Dat is een blote veronderstelling,' zei Casper van Hoogwoud.
'Precies,' sprak De Cock instemmend, 'dat is het. Toch ga ik op basis van die... eh, blote veronderstelling ook huiszoeking bij u doen. De Opiumwet geeft mij daartoe de bevoegdheid.'
'U denkt bij ons thuis drugs te vinden?' grinnikte de jongeman.
De Cock trok achteloos zijn schouders op.
'Ik sluit de mogelijkheid niet uit. Maar in feite ben ik meer geïnteresseerd in de gezondheidstoestand van uw broer. En misschien krijg ik de gelegenheid om eens met uw ouders te praten.'
Casper van Hoogwoud kneep zijn lippen samen. Zijn houding kreeg een expressie van protest.
'Mijn broer en ik wonen niet meer thuis. Mijn vader is een ouderwets patriarch met orthodoxe ideeën over opvoeding en gedrag. Het was voor mijn broer niet doenlijk om onder zijn regime te leven.'
De bittere toon ontging de oude speurder niet. Hij blikte geïnteresseerd opzij.
'En u?'
'Wat?'
'Kon u ook niet onder het regime van uw vader leven?'
Casper van Hoogwoud liet zijn hoofd iets zakken. 'Vader is een despoot. Toen de mogelijkheid zich voordeed, ben ik bij mijn broer ingetrokken. Alleen mijn zuster woont nog thuis.'
'En moeder?'
De jongeman staarde voor zich uit. Er kwam een wat dromerige blik in zijn ogen. 'Moeder leeft al lang niet meer,' sprak hij zacht. 'Ze stierf toen ik nog klein was. Ik heb geen bewuste herinnering aan

haar. Feitelijk ken ik haar alleen van een foto... een fragiel vrouwtje in de deuropening van ons huis.'
Een tijdje reden ze zwijgend voort. Voor zover de beenruimte in de Volkswagen het toestond, liet De Cock zich wat onderuitzakken. Hij keek door de zijruit en herkende de arcade van de Raadhuisstraat. Hij ervoer zijn nieuwe houding als ongemakkelijk en drukte zich moeizaam weer omhoog.
'Hoe oud is Marcel?'
'Zesendertig.'
'Een stuk ouder dan jij.'
Casper van Hoogwoud knikte vaag.
'Toch kunnen we heel goed met elkaar overweg. Hij behandelt mij als een volwassen man... niet als zijn kleine broertje... zoals u misschien denkt.'
De Cock negeerde het onderwerp. 'Weet broer Marcel, dat u onbeschermd met zoveel geld op uw buik rondloopt?'
'Ja, dat weet hij.'
De Cock keek hem verbaasd aan.
'En dat vindt hij goed?'
Casper van Hoogwoud stak zijn kin iets omhoog.
'Het is mijn geld en mijn gedrag... zaken, die Marcel respecteert.'
De Cock knikte. Zijn geest zocht nog steeds naar een verklaring voor die honderdduizend gulden. Tot nu was het hem niet gelukt om door die barrière van strakke beleefdheid, die Casper van Hoogwoud had opgetrokken, heen te breken.
'Moet Marcel in verband met zijn ziekte niet in een ziekenhuis worden opgenomen?'
De jongeman zuchtte.
'Het zou inderdaad beter voor hem zijn, maar Marcel wil niet. Hij heeft een afkeer van ziekenhuizen en doktoren. Hij wantrouwt moordenaars in witte jassen.'
'Moordenaars in witte jassen?'
Casper van Hoogwoud glimlachte. 'Een uitdrukking van Marcel.'
Op de Weteringschans stopte Vledder aan de rand van het trottoir. Hij draaide zich half om. 'Het is nog een stukje verder, maar ik heb hier plaats om te parkeren.'
Ze stapten uit en Vledder sloot de portieren. De Cock trok de kraag van zijn regenjas iets omhoog. De avondlucht was kil.
Toen ze zijn woning hadden bereikt, nam Casper een sleutel uit zijn

zak en opende de deur. Via een lange, brede gang ging hij de rechercheurs voor naar een ruime, hoge kamer. Op een bank lag een man met gesloten ogen. Casper liep op hem toe.
'Marcel... hier zijn twee heren van de recherche.'
De Cock keek vanuit de hoogte op de man neer. De gelaatsuitdrukking en de kleur van de huid bevreemdden hem. Casper van Hoogwoud schudde de man aan zijn schouder.
'Marcel.'
In zijn stem trilde een ondertoon van angst. Opnieuw greep hij de man bij zijn schouder en schudde. Feller nu. Onbeheerst. De Cock liep op hem toe. 'Laat dat,' sprak hij streng. De jongeman keek naar hem op. In zijn blauwe ogen lag een blik van radeloosheid.
'Marcel,' lispelde hij.
De Cock trok zijn gezicht strak.
'Marcel is dood.'

2

De Cock drukte zijn oude hoedje tot diep op zijn oren. Het was hevig gaan stormen. Een felle wind gierde over een verlaten Weteringschans. Spookachtig joegen donkere wolken aan een bleke maan voorbij. De slanke lantaarnpalen zwiepten. Verderop kletterden een paar pannen van een dak. Met gebogen rug liepen de rechercheurs naar de Volkswagen en stapten in.
Vledder reed niet direct weg. Hij blikte opzij naar De Cock, die wat somber voor zich uit staarde. De oude rechercheur worstelde in zijn gedachten met een achttienjarige jongen, honderdduizend gulden, een Porsche van rond de tachtig mille, een weelderig ingerichte woning en een dode broer. De combinatie zinde hem niet.
'Die Marcel leek mij niet het type van een homofiel.'
De Cock keek verstoord op.
'Waarom homofiel?'
Vledder reageerde verrast.
'AIDS komt toch alleen onder homofielen voor?'
'Hoe kom je daarbij?'
'Dat meen ik ergens te hebben gelezen.'
De Cock schudde zijn hoofd.
'Niet alleen onder homofielen... al schijnen die in het algemeen een groter risico te lopen. De besmetting met AIDS geschiedt via het bloed. En dat kan op vele manieren gebeuren. Denk maar eens aan een infuus met besmet bloed. Vrijwel een ieder kan slachtoffer van AIDS worden. Het schijnt ook, dat AIDS-virussen zich maar langzaam delen, zodat iemand al geruime tijd besmet kan zijn voor dat hij of zij dat bemerkt.'
'Verschrikkelijk.'
'Dat is het.'
Een tijdlang zwegen beiden. Het beeld van de dode Marcel domineerde hun gedachten. Vledder startte de motor en reed wat wild van het trottoir weg.
'Wil je nog terug naar de Kit?'
De Cock knikte. 'Zeker.' Hij gebaarde voor zich uit. 'Ik zou met die storm maar voorzichtig rijden en de grachten vermijden. Ik had niet graag een omgewaaide boom in mijn nek.'
Vledder lachte. Aan het eind van de Weteringschans reed hij linksaf

de Utrechtsestraat in naar het Rembrandtsplein. Het lag er verlaten bij. De storm had zelfs de hoertjes weggevaagd. Via de Halvemaansteeg bereikten ze de Amstel.
'Doen we nog wat aan deze zaak?'
De Cock trok zijn schouders op.
'Casper van Hoogwoud krijgt een proces-verbaal voor zijn twee wikkels met cocaïne en broer Marcel stierf een natuurlijk dood.'
'Dat is alles?'
De Cock maakte een korzelig gebaartje.
'Ik zit nog met die akelige duizendjes in vier plastic zakjes. Eerlijk gezegd voel ik er weinig voor om ze aan Casper van Hoogwoud terug te geven.' Hij zweeg even. 'Maar als er geen indicatie is dat het geld door middel van misdrijf is verkregen, zal de Officier van Justitie zeker tot teruggave beslissen.'
Vledder grinnikte.
'De officier kan ook de FIOD inlichten. Dan hebben we morgen een deurwaarder van Rijksbelastingen op de stoep.'
'Die kans is niet gering.'
De jonge rechercheur trok rimpels in zijn voorhoofd.
'Het lijkt mij toch niet onmogelijk,' sprak hij na enig nadenken, 'dat het geld afkomstig is van een of andere drugs-deal, die Casper kort voor zijn arrestatie op de Zeedijk had afgewikkeld.'
De Cock knikte traag.
'We kunnen dat niet bewijzen. Dat is de ellende. Maar je hebt gelijk; het ligt voor de hand. In die business werkt men niet met cheques.' Hij plooide zijn gezicht in een droevige grijns. 'Tenzij je een groot vermogen erft... in Nederland kun je niet op een eerlijke manier rijk worden... dat lukt je gewoon niet... zeker niet op je achttiende jaar. Bovendien, eerlijk geld plak je niet op je buik. Dat beleg je heel netjes bij een degelijke bank.'
Vledder reed het Muntplein over.
'Misschien heeft hij het wel geërfd,' grinnikte hij.
De Cock snoof. 'Zijn vader is greenkeeper op een golfbaan. Ik weet niet precies wat dat inhoudt, maar dat lijkt mij toch ook geen job om rijkdommen te vergaren.'
Vledder hield de lach op zijn gezicht.
'Wat dacht je van een suikeroom?'
De Cock negeerde de vraag. Geërgerd drukte hij zich wat omhoog.
'Casper van Hoogwoud presenteert zich aan ons als een aardige,

charmante, intelligente jongeman.' Zijn toon werd ineens fel. 'Dat beeld is vals. Volgens mij is hij een verduiveld gevaarlijk kereltje, dat op zijn jeugdige leeftijd al de harde mentaliteit heeft van iemand die het aandurft om hoog spel te spelen. Ik zal morgen eens met de collega's van de narcoticabrigade praten. Het feit, dat Casper van Hoogwoud in ons antecedenten-systeem niet voorkomt, zegt mij niets.'
Vledder keek opzij.
'Je bedoelt, dat hij best een paar maal in de picture kan zijn geweest, maar dat men hem nooit iets heeft kunnen bewijzen.'
'Precies.'
Via het Rokin, de Dam en het Damrak reed de jonge rechercheur rechts de Oudebrugsteeg in. Op de steiger achter het bureau stapten ze uit. Het anders zo rustige water van het Damrak golfde met witte schuimkoppen.
Een felle wind joeg de rechercheurs voort naar de luwte van de Warmoesstraat. Toen ze de hal van het bureau binnenstapten, wenkte Jan Kusters hen van achter de balie. De wachtcommandant leek wat opgewonden.
'Ik ben blij dat jullie er zijn. Ik heb er net een wagentje heen gestuurd.'
De Cock keek hem onderzoekend aan. 'Waarheen?'
'Naar de Keizersgracht bij de Hartenstraat. In een portiek voor de deur van een advocatenkantoor ligt een man.'
'Dood?'
Kuster knikte.
'Met een ingeslagen schedel.'

Toen Vledder op de steiger weer in de Volkswagen stapte, vloekte hij hartgrondig. Zijn gezicht zag rood. Met veel kracht trok hij het portier dicht.
'Twee doden op één avond is mij feitelijk wat te veel,' knorde hij. 'Een mens krijgt niet eens de tijd om alles op een rijtje te zetten.'
De Cock, naast hem, grijnsde.
'Ik dacht, dat je het recherche-vak het mooiste vak van de wereld vond?'
De jonge rechercheur knikte heftig. 'Dat is het ook.' Hij startte de motor. 'Het begint bij mij altijd te kriebelen als er zoveel ineens op mij afkomt.

De Cock plooide zijn gezicht tot een effen masker. 'Neem eens contact op met je toekomstige moordenaars.' Het klonk spottend. 'Misschien, dat ze hun activiteiten een beetje kunnen doseren.'
Vledder keek nijdig opzij.
'Barst.'
Te snel trok hij van de steiger weg.
De Cock liet zich behaaglijk onderuitzakken.
'Doe maar gewoon kalmpjes aan,' sommeerde hij gemoedelijk. 'Dood is dood. Daar kunnen wij beiden toch niets aan veranderen.'
De jonge rechercheur hield echter het gas op de plank.
'Ik wil vannacht nog wel een paar uur naar mijn bed,' gromde hij.
De Cock schoof zijn oude hoedje wat naar voren. 'Jeugd,' zei hij. Het klonk berustend.
Vanuit de Raadhuisstraat draaiden ze met gierende banden de Keizersgracht op. Midden op de brug naar de Hartenstraat stond een politie-surveillancewagen. Vledder reed er voorbij en parkeerde op de Keizersgracht aan de wallekant tussen de bomen. Ze stapten uit. Het stormde nog steeds.
Een jonge diender liep op De Cock toe. Hij had de klep van zijn pet tot op zijn ogen getrokken. Hij brulde boven de storm uit. 'Volgens mij is hij het zelf.'
'Wie?'
'Die dode man.'
De Cock schonk hem een milde glimlach.
'Vind je het erg als ik zeg, dat ik je niet begrijp?' vroeg hij minzaam.
De jongeman begon wat verlegen te grinniken.
'Ik denk,' sprak hij kalmer, 'dat die dode man in het portiek de advocaat is, die hier zijn kantoor heeft. Vermoedelijk werd hij neergeslagen op het moment dat hij de deur van zijn kantoor wilde openen. Hij heeft de sleutelbos nog in zijn rechterhand.'
De grijze speurder legde vertrouwelijk zijn hand op de schouder van de jonge diender en knikte. 'Dat is een stuk duidelijker,' prees hij.
'Heb je de meute al gewaarschuwd?'
'Ja, via de wachtcommandant.'
Met de diender enkele meters voor zich uit, liep De Cock verder de gracht op naar een portiek, waaruit een paar voeten staken. Met een zaklantaarn in zijn hand knielde hij naast de dode. Op het wat kalende achterhoofd ontdekte hij een diepe, gapende wond. Klonters donkerrood bloed kleefden aan de nekharen.

Vledder boog zich over hem heen. 'Van achteren neergeslagen?' De Cock knikte traag.
Naast het hoofd van de dode man lag een bril met een fraai gouden montuur. Een van de glazen was gebroken. Uit de dichtgeknepen rechterhand puilde een bruin lederen etui, waaruit een ring met sleutels stak.
De knieën van De Cock kraakten toen hij overeind kwam. Met de zaklantaarn bescheen hij de binnenmuren van het portiek.
'Een enkele slag,' mompelde hij. Vledder keek hem van terzijde aan. 'Hoe bedoel je?'
'De eerste slag was direct raak. Als men voor een tweede keer in die wond had gemept, dan had je hier bloedspatten moeten vinden.' Hij gaf de zaklantaarn aan Vledder over. 'Maar bekijk het zelf nog eens. Zo best zijn mijn ogen ook niet meer.'
Vanuit de hoogte keek De Cock peinzend op de dode neer. Hij schatte de man op rond de vijftig. Hij was keurig gekleed in een stemmig donkerblauw kostuum met vest en een parelgrijze stropdas, waarop iets boven het midden een fonkelende briljant in een witgouden zetting. Een overjas ontbrak.
De oude rechercheur draaide zich om naar de jonge diender en maakte een brede armzwaai. 'Probeer eens de motorkappen van de hier in de directe omgeving geparkeerde wagens. Misschien vind je er een bij, die nog warm aanvoelt.'
'De wagen van het slachtoffer?'
De Cock knikte.
'Het lijkt mij het beste, dat je de merken en kentekens noteert van alle wagens waarvan de motorkap nog niet geheel is afgekoeld.'
De diender verdween.
Vledder tikte De Cock achter op de schouder.
'Je hebt gelijk; er zijn geen bloedspatten. En de toegangsdeur is gaaf. Geen sporen van braak.' Hij liet het ovaal van de zaklantaarn rusten op een indrukwekkende koperen plaat aan de muur. In zwarte, verzonken letters stond er: Mr. J. O. B. van Abbenes, advocaat-procureur. Vledder liet het schijnsel van de zaklantaarn op het slachtoffer zakken. 'Zou hij het echt zijn?'
'Het lijkt erop. We moeten even wachten tot Van Wielingen straks foto's heeft gemaakt, dan kunnen we eens kijken of hij papieren bij zich heeft.'
'Van Abbenes... wel eens iets van gehoord?'

De Cock trok zijn schouders op.
'Het zegt mij niets.'
Vledder gniffelde.
'Jee-Oo-Bee. Welke vader geeft zijn kind als voornamen 'Job' mee?'
De Cock keek hem bestraffend aan.
'De Bijbelse Job was een godvruchtig man.'
'Maar hij zat wel op een mesthoop.'
De Cock negeerde de opmerking. De uitrukwagen van de dactyloscopische dienst draaide de gracht op en in de verte klonk de sirene van een naderende ambulance.
Vledder wees naar de dode. 'Waarom ging die man met dit noodweer midden in de nacht nog naar zijn kantoor?' De Cock keek bewonderend naar hem op.
'Dat, Dick, is de eerste verstandige opmerking die ik vandaag van je hoor.'

Toen de meute was vertrokken, bukte De Cock opnieuw bij de dode. Snel doorzocht hij de zakken van diens colbert en nam daaruit een portefeuille en een in leer gebonden agenda. Hij reikte ze aan Vledder. Ook duwde hij de vingers van de rechterhand terug en pakte het etui met sleutels. Daarna kwam hij overeind en wenkte de broeders van de geneeskundige dienst, die in de cabine van hun wagen zaten te wachten.
De Cock wurmde zijn hoedje vaster op zijn hoofd. De storm scheen nog in hevigheid toe te nemen. De speurder keek omhoog naar de buigende iepen aan de wallekant.
De onaangedane broeders schoven hun brancard naast de dode en legden hem voorzichtig op het canvas. Een poging om het laken over hem heen te draperen mislukte door de felle wind. Haastig sloegen ze de kleppen toe en trokken de riemen vast. Met gebogen hoofd droegen ze de dode zacht wiegend naar de ambulance-wagen. De storm sjorde venijnig aan hun witte jassen.
De Cock keek toe hoe ze de deuren dichtklapten en met hun wagen wegreden. Toen het rode achterlicht was verdwenen, draaide hij zich wat bruusk om en liep naar Vledder. 'Laten we gauw maken dat we hier wegkomen.' Hij keek weer omhoog. 'Met zo'n storm heb ik het niet begrepen op die oude bomen.'

In de Warmoesstraat, achter de balie, was Jan Kusters inmiddels afgelost door de oude Meindert Post. Toen Vledder en De Cock de hal instapten, keek de Urker wachtcommandant omhoog naar de klok. 'Jullie zijn knap laat.'
De Cock trok zijn schouders op.
'Het zat een beetje tegen.' Hij wees voor zich uit. 'Heeft Jan Kusters die vorige zaak nog in het mutatierapport gezet?'
Meindert Post boog zich over zijn machine.
'Van die twee wikkels cocaïne?'
'Verdachte Casper van Hoogwoud.'
De wachtcommandant keek op. 'Dat klopt. Er staat alleen niet bij wat er met hem is gebeurd.'
De Cock wuifde naar de deur. 'Heengezonden... dat is... thuisgelaten. Zijn broer bleek te zijn overleden.' Hij strekte zijn hand uit. 'Geef het mutatierapport maar even mee, dan tikken wij er boven wel een stukje in.'
'Over die moord op de Keizersgracht.'
'Precies. Dat scheelt jou weer.'
Meindert Post trok het rapport uit zijn machine. Vledder pakte het aan, onderwijl duimde hij in de richting van De Cock. 'Hij bedoelt... dan tikt Vlédder er wel even een stukje in.'
Zoet grijnzend liep de grijze speurder van de balie naar de trap. Vledder volgde met het rapport in zijn hand.
In de recherchekamer plofte De Cock zichtbaar vermoeid op de stoel achter zijn bureau. Met een loom gebaar wierp hij zijn oude hoedje naar de kapstok, en miste. Vledder schoof hem de portefeuille en de agenda van de dode toe en pakte de elektrische schrijfmachine. 'Is de naam goed?' De Cock knikte.
'Ik heb hier zijn rijbewijs. Het is voluit: Jacob Otto Bernard van Abbenes. Zijn privé-adres luidt: Minervalaan 783, Amsterdam.'
De telefoon op het bureau van De Cock rinkelde. Vledder reikte iets naar voren, nam de hoorn op en luisterde. Zonder een woord te zeggen, legde hij na enkele seconden de hoorn op het toestel terug.
De Cock keek hem gespannen aan. 'Wie was dat?'
'Dat weet ik niet.'
'Je had toch iemand aan de lijn?'
Vledder knikte. 'Een vrouw.'
'En?' De jonge rechercheur slikte. 'Ze zei... ze zei... Marcel werd vermoord.'

3

De Cock zat in de tram en keek naar buiten. De storm van de afgelopen nacht had in de binnenstad nogal wat verwoestingen aangericht. De trottoirs lagen bezaaid met afgewaaide, stukgevallen dakpannen en afgerukte takken. Op de Rozengracht was een bouwstelling bezweken en versperde een gedeelte van de rijweg. Het verwonderde De Cock dat de elektrische bovenleiding van de tram nog intact was en het meest omstreden Amsterdamse gemeentevehikel zijn weg ongestoord kon vervolgen.

Op het Stationsplein stapte hij uit. In de regel sjokte hij met de stroom mee naar het Damrak, maar hij dook nu achter het N.Z.H.-koffiehuis het metrostation in en liep langs de treinen naar de uitgang van de Prins Hendrikkade. Hij bezag hoe ook dit keer de Sint Nicolaaskerk de storm had overleefd. Hij hield van die oude, wat vervallen kerk en bewaarde dierbare herinneringen aan Pastoor Aarts, met wie hij in het verleden dikwijls contact had gehad. De bijna onnozele menslievendheid van de oude zielerherder had hem altijd ontroerd. Hoewel zijn parochie bestond uit ongeïnteresseerde penozejongens, hoerenmadams en meisjes van de vlakte, wilde hij van enig kwaad in de mensen niet horen.

Via de Sint Olofspoort belandde De Cock in de Warmoesstraat. Vals fluitend liep hij het politiebureau binnen, groette in het voorbijgaan de wachtcommandant en klom opmerkelijk kwiek de trappen op naar de tweede etage.

In de grote recherchekamer zat Vledder al achter zijn schrijfmachine. De jonge rechercheur zag er belabberd uit, bleek en met diepe wallen onder zijn ogen. De Cock keek hem verwonderd aan. 'Heb je niet geslapen?'

Vledder liet zijn vingers rusten en bromde, 'Weet je hoe laat ik vannacht thuis was? Vier uur. Dan kan ik het wel vergeten... ben ik over mijn slaap heen... doe ik geen oog meer dicht.' Hij keek met een jaloerse blik omhoog. 'En jij?'

De Cock schonk hem een knipoog.

'Ik heb thuis eerst een stevig glas bourgogne genomen... toen werd ik warm van binnen. Daarna kroop ik in bed dicht tegen de vrouw aan.' Hij grinnikte jongensachtig. 'Toen werd ik ook warm van buiten.'

'En je sliep?'
'Als een blok.'
De jonge rechercheur wuifde wat loom naar de stoel naast zijn bureau. 'Ik had hier vanmorgen commissaris Buitendam al bij mij.'
'Hoe laat?'
'Goed half acht. En volgens mij was hij toen al een poosje aan het bureau.'
De Cock fronste zijn wenkbrauwen.
'Zo vroeg?'
Vledder knikte. 'Het verbaasde mij ook. Hij was nogal nerveus, in de war, opgewonden, en hij maakte opmerkingen over de geringe bijzonderheden in het rapport.'
'Bijzonderheden? Waarover?'
'De moord op advocaat Van Abbenes.' De Cock keek zijn jonge collega onderzoekend aan.
'Was hij daarvoor zo vroeg van huis gegaan?'
'Dat idee had ik, ja.'
'Maar hoe wist hij van die moord? Wij hebben hem niet ingelicht. En ik heb vanmorgen gekeken. Er stond nog niets in de kranten.'
'Iemand had hem gebeld.'
'Wie?'
'Een vrouw... een onbekende vrouw.'
De Cock kneep zijn ogen half dicht.
'Weer een vrouw?' vroeg hij verwonderd.
Vledder pakte knikkend een notitie van zijn bureau.
'Ze zei... Van Abbenes is dood... niet wegens uwe gerechtigheid... maar de mijne.'

Commissaris Buitendam, de lange, statige politiechef van het bureau Warmoesstraat, wuifde met een slanke hand.
'Ga zitten, De Cock,' sprak hij geaffecteerd. De grijze rechercheur keek hem aan. De commissaris, zo vond hij, zag er vermoeid uit. Zijn lang gezicht met ingevallen wangen had weinig kleur en zijn ogen stonden dof. De aanblik bezielde De Cock met een vleugje medelijden.
Gedwee nam hij plaats.
De commissaris liet zich in zijn zetel zakken en kuchte. 'Ik moet Mr. Schaaps,' begon hij voorzichtig, 'onze Officier van Justitie, straks op de hoogte brengen van het feit, dat de heer Van Abbenes op een

gewelddadige wijze om het leven is gebracht. Ik heb uiteraard jouw mutatie in het meldingsrapport gelezen. Ik moet zeggen... dat was wel erg summier.'
De Cock trok zijn schouders op.
'Het spijt me,' sprak hij verontschuldigend. 'Er viel vannacht niet meer te melden. Een dode man in een portiek met een ingeslagen schedel. Meer is er niet.'
'Een roofmoord?'
De Cock schudde zijn hoofd.
'Die indruk heb ik niet. Zijn portefeuille met papieren en geld zat nog in zijn colbert. Ook zijn sieraden waren nog aanwezig. Waaronder een uiterst kostbaar polshorloge.'
De commissaris spreidde zijn beide handen.
'Wat kan dan het motief zijn?'
De Cock glimlachte.
'Als u het weet... mag u het mij zeggen.' Commissaris Buitendam negeerde de opmerking. De politiechef verschoof iets in zijn stoel.
'De heer Van Abbenes,' sprak hij behoedzaam, 'is een belangrijk man. Zeer invloedrijk. Zijn dood... op deze wijze... zal veel opzien baren. Ik wil je dan ook adviseren om bij je onderzoek zeer zorgvuldig te werk te gaan.'
De Cock trok een grijns.
'Zoals ik gewend ben.'
Het gezicht van de commissaris verstarde. De expressie van welwillendheid verdween. 'Het is beter,' sprak hij streng, 'dat wij dit tere onderwerp laten rusten. Er hebben zich in het verleden gevallen voorgedaan...' Hij maakte zijn zin niet af en zuchtte. 'In alle ernst, De Cock, de heer Van Abbenes had relaties in de hoogste kringen. Het zou mij niets verbazen als men zelfs vanuit Den Haag belangstelling gaat tonen.'
'Regeringskringen?'
'Precies.'
De Cock plukte aan zijn onderlip.
'Ik heb die Van Abbenes als advocaat nooit ontmoet. Was hij een strafpleiter?'
Buitendam knikte traag.
'Maar alleen in heel bijzondere gevallen... gevallen, die hem op een of andere manier interesseerden. Van Abbenes was een vermogend man, die het zich kon permitteren selectief te zijn bij het aannemen

van een verdediging. Verder deed hij alleen civiele zaken.'
De Cock staarde enige ogenblikken voor zich uit. Om zijn lippen danste een zoete glimlach. 'Mijn oude moeder had het niet erg op advocaten begrepen,' sprak hij mijmerend. 'Ze zei altijd: *Van de stijfkop en de zot, vult de advocaat zijn pot.*' De grijze speurder dreef het beeld van zijn oude moeder uit zijn gedachten en richtte zijn aandacht weer op de commissaris. 'Ik hoorde het van Vledder. U... eh, u bent vannacht gebeld?'
'Ja.'
'Hoe laat?'
'Ik dacht, zo een uur of zeven.'
De Cock reageerde wat geprikkeld.
'Dacht,' sprak hij afkeurend. 'Hebt u niet op de klok gekeken?'
'Nee.'
'Het was een vrouw?'
'Ja.'
'Jong, oud?'
'Daar durf ik niets van te zeggen.'
'Kon ze al vroeger hebben gebeld?'
'Hoe bedoel je?'
'Het tijdstip kan belangrijk zijn. Is het mogelijk, dat u eerder in de nacht de telefoon niet hebt gehoord?'
'Die staat naast mijn bed.'
De Cock boog zich iets naar voren.
'Wat zei de vrouw precies?'
Buitendam kneep zijn ogen even dicht.
'Ze zei... Van Abbenes is dood... niet wegens uw gerechtigheid, maar de mijne.'
'Sprak ze met een accent?'
De commissaris schudde aarzelend zijn hoofd.
'Dat is mij niet opgevallen.'
'Waar legde ze de klemtonen?'
'Klemtonen?'
De Cock acteerde vertwijfeld. 'Lag de klemtoon,' vroeg hij ongeduldig, 'op 'uw' en 'de mijne' of op het woord 'gerechtigheid'?'
De commissaris trok zijn schouders op.
'Dat... eh, dat weet ik niet meer.'
De Cock perste zijn lippen op elkaar.
'Ik mag toch,' sprak hij toen heftig, 'van een commissaris van de

politie verwachten, dat hij...' Verder kwam hij niet.
Buitendam stond op. Zijn gezicht zag rood en zijn lippen trilden. In een theatraal gebaar strekte hij zijn arm naar de deur.
'Eruit.'
De Cock ging.

Vledder schudde zijn hoofd.
'Kon je het weer niet laten?' vroeg hij licht verwijtend. 'Volgens mij doe je het erom. Je jaagt steeds zijn bloeddruk omhoog. Het is gewoon een sadistisch trekje van je.'
De Cock spreidde zijn handen in onschuld.
'Ik kon er niets aan doen. Het was echt niet mijn plan om de commissaris kwaad te maken. Integendeel. Hij zag er zo betrokken uit, dat ik oprecht besloot om lief tegen hem te zijn. Ik werd alleen wat kriegel toen hij zo weinig van dat telefoongesprek wist.'
Vledder grinnikte. 'Hij had in ieder geval de tekst onthouden.'
'Maar dat was ook het enige.'
'Denk je dat die tekst iets betekent?'
De grijze speurder knikte. 'Natuurlijk heeft dat iets te betekenen. Maar vraag mij niet naar een interpretatie. Er valt nog weinig zinnigs van te zeggen. Het lijkt erop, dat de vrouw het niet eens is met het soort 'gerechtigheid' dat wij bedrijven.'
'En een eigen 'gerechtigheid' voorstaat?'
'Zoiets, ja. Al weet ik nog niet precies wat ik mij daarbij moet voorstellen.' Hij zuchtte. 'Maar één ding staat onomstotelijk vast... zij, die de commissaris belde, was een vrouw die vannacht al wist dat Van Abbenes uit dit tranendal was gestapt.'
De ogen van Vledder begonnen te glinsteren.
'Je hebt gelijk. Maar wie? En hoe?'
De Cock glimlachte.
'Het zou te mooi zijn als ik je daarop nu al een antwoord kon geven.'
Hij kauwde enige ogenblikken nadenkend op zijn onderlip.
'Wanneer heb jij de wachtcommandant van het bureau Lodewijk van Deijsselstraat gebeld, dat mevrouw Van Abbenes aan de Minervalaan over de dood van haar man moest worden ingelicht?'
Vledder trok een denkrimpel in zijn voorhoofd.
'Toen we van de Keizersgracht terugkwamen. Dat zal zo ongeveer kwart over drie zijn geweest.'
'Dan kunnen we aannemen, dat zij zeker om vier uur al op de hoogte was.'

De jonge rechercheur keek verrast op.
'Denk je dat zijn eigen vrouw heeft gebeld?' vroeg hij verwonderd.
De Cock staarde voor zich uit en antwoordde niet.
'Welke vrouw het ook was,' sprak hij traag, 'ze stond dicht bij de moordenaar.'
Een tijdlang zwegen beiden. Ieder verzonk in zijn eigen gedachten. Buiten, in de Warmoesstraat, zong een dronken sloeber een droevig lied. Woorden van eenzaamheid en pijn walsten door het open raam naar binnen. Het was Vledder, die het zwijgen verbrak. 'Toen jij bij de commissaris was, had ik Dr. Rusteloos al aan de lijn.' De jonge rechercheur keek op zijn horloge. 'Hij wil over een uur al met de sectie beginnen.'
De Cock knikte begrijpend.
'Ga jij er heen?'
'Ja... ik. Daar heb jij toch geen zin in.'
De Cock negeerde de opmerking.
'Vraag aan Dr. Rusteloos of hij iets kan zeggen over het wapen waarmee de schedel van Van Abbenes werd ingeslagen. En laat je eens inlichten over AIDS. Misschien is hij er als patholoog-anatoom wel eens mee in aanraking geweest.'
De jonge rechercheur fronste zijn wenkbrauwen.
'Wil je aan dat AIDS-geval dan nog wat doen?'
De Cock trok zijn schouders op. 'Marcel van Hoogwoud stierf een natuurlijke dood. Ik heb geen gronden om aan misdrijf te denken.'
'En dat telefoontje?'
'Is dat een reden om zijn lijk in beslag te nemen?'
Vledder schudde zijn hoofd.
'Het is alleen opmerkelijk, dat het telefoontje ook van een vrouw kwam.' Hij keek naar de grijze speurder. 'Ken je niet iemand anders aan wie wij iets over AIDS kunnen vragen?'
'Waarom?'
Vledder trok een bedenkelijk gezicht.
'Er is met Dr. Rusteloos bijna niet te praten. De man is zo doof.'
De Cock lachte hartelijk. 'Dan schreeuw je maar wat harder.' Hij stond op en liep naar de kapstok. Vledder kwam hem na.
'Wat ga jij doen?' De grijze speurder draaide zich half om.
'Het naleven van een goed recherche-gebruik.'
'En dat is?'
'De weduwe condoleren met het verlies van haar man.'

4

De Cock bekeek het huisnummer aan de Minervalaan, liet zijn blik zakken naar een wit emaille plaat met 'J. O. B. van Abbenes' in sierlijke krulletters en drukte op een koperen knopje, dat daar uitnodigend onder zat.
Het duurde ruim een minuut. Toen werd de deur voorzichtig geopend door een statige dame in een hooggesloten zwarte japon.
De Cock keek haar vragend aan.
'Mevrouw Van Abbenes?'
'Inderdaad.'
Het klonk krachtig.
De grijze speurder nam beleefd zijn hoedje af en maakte hoffelijk een lichte buiging. 'Mijn naam is De Cock,' sprak hij met een iets omfloerste stem. 'De Cock, met ceeooceekaa, rechercheur van het politiebureau aan de Warmoesstraat. Ik wilde graag even met u praten over het droef verscheiden van uw man. Aan mij is het onderzoek opgedragen.'
Mevrouw Van Abbenes knikte begrijpend. Ze stapte opzij en beduidde de speurder dat hij mocht binnentreden. Toen ze de deur achter hem had gesloten, ging ze hem voor naar een ruime zitkamer met forse leren meubelen in country-style.
'Gaat u zitten.'
De oude rechercheur liet zich in een fauteuil zakken, knoopte zijn regenjas los en legde zijn oude hoed naast zich op het tapijt.
'Ik begrijp,' begon hij voorzichtig, 'dat het voor u een hele schok is. En ik zou mij kunnen voorstellen, dat het u moeilijk valt om over het gebeurde te praten.'
Ze nam tegenover hem plaats; stijf, rechtop, met de knieën dicht tegen elkaar gedrukt.
'Ik wil er best over praten,' sprak ze opgewekt. 'Zo groot was de schok voor mij nu ook weer niet. Jacob... Jacob was mijn man... in wettelijk zin. Niet veel meer.'
De Cock kneep zijn wenkbrauwen iets bijeen. Hij had een dergelijke opening van de vrouw niet verwacht.
'U... eh, u woonde toch hier met hem samen?'
Mevrouw Van Abbenes knikte traag. 'Dat klopt, ja. Jacob had hier zijn domicilie. Maar samen-wonen is niet hetzelfde als samen-le-

ven.' Ze zweeg even, een glimlach danste om haar lippen. 'Ik heb de indruk, dat ik u een beetje in de war breng.'
'Nogal.'
Ze lachte vrijuit.
'Ik dacht dat de doorgewinterde rechercheurs van de Warmoesstraat niet te schokken waren.'
De Cock keek naar haar op. Als ze lachte, vond hij, had ze een prettig gezicht, open, met pretrimpeltjes rond haar ogen. Hij hield zijn hoofd iets scheef en sprak verontschuldigend: 'Uw houding verrast mij. Ik bereidde mij voor om een treurende weduwe te ontmoeten, die ik met betoon van droefheid zou condoleren met het verlies van haar man.'
De lach gleed van haar gezicht.
'U moet niet denken dat zijn dood mij geheel onberoerd laat. Zo is het niet. Misschien ook komt de pijn later.' Ze zuchtte diep. 'Jacob en ik zijn in de loop der jaren uit elkaar gegroeid.'
'Toch bent u niet gescheiden.'
Mevrouw Van Abbenes schudde haar hoofd.
'Ik denk, dat geen van ons beiden de moed had om het tot een definitieve breuk te laten komen.'
'Hoe ontstond de kloof?'
Ze antwoordde niet direct. Ze boog haar hoofd iets naar voren en legde haar handen op haar knieën.
'Het is heel geleidelijk gegaan. De kloof verdiepte telkens wanneer ik weer zo'n kwalijk facetje van Jacobs karakter ontdekte.'
'Wat voor kwalijke facetjes?'
'Kleine onhebbelijkheden, geniepige hoogstandjes. Ik kan mij niet zo goed verenigen met de wijze waarop Jacob met mensen manipuleert. Daar kwam ik tegen in opstand. Hij sprak ook over mensen alsof ze marionetten waren... houten poppen, die hij elke beweging kon laten maken die hij wenste.'
De Cock keek haar scherp aan.
'Was zijn moordenaar zo'n marionet?'
Mevrouw Van Abbenes trok haar schouders iets op.
'Misschien... misschien dat een van zijn poppen plotseling bemerkte, dat hij een eigen ziel had.'
'En niet meer gehoorzaamde.'
Ze knikte. 'Dat is een mogelijkheid.'
De Cock plukte met zijn duim en wijsvinger aan zijn dikke onderlip.

'Hebt u verder nog enige suggesties in welke richting ik de dader zou moeten zoeken?'
Mevrouw Van Abbenes schudde haar hoofd.
'Jacob kende door zijn praktijk zoveel mensen, was in zovele affaires gewikkeld, vaak zaken die het daglicht niet konden velen... dat de moord mij in feite niet verbaast. Motieven genoeg. Jacob was bijna permanent omgeven door een wolk van conflictstof.'
De Cock glimlachte om de woordspeling.
'Waarom ging hij in dat noodweer vannacht nog naar zijn kantoor?'
'Hij had een afspraak gemaakt.'
'Met wie?'
Ze keek naar hem op. Haar gezicht had een andere expressie. De pretrimpeltjes rond haar ogen waren verdwenen. Voor het eerst toonde ze enige droefheid, stil verdriet. 'Dat weet ik niet,' sprak ze zacht. 'Het was ongeveer half twee. Ik lag in bed en hoorde de telefoon. Ik heb het gesprek niet kunnen volgen... deed daar ook mijn best niet voor. Tot slot hoorde ik Jacob zeggen: kom dan maar naar mijn kantoor. Kort daarna is hij vertrokken.'
'Zonder u iets te zeggen?'
Mevrouw Van Abbenes schudde haar hoofd. 'Ik zei u toch al, wij woonden alleen maar samen.'
De Cock boog zich naar haar toe. 'Wilt u voor mij proberen,' vroeg hij vriendelijk, 'of u zich nog iets meer van dat telefoongesprek kunt herinneren?'
Ze kwam uit haar fauteuil overeind.
'Dat wil ik proberen, al ben ik bang...' Ze maakte haar zin niet af en staarde peinzend voor zich uit. 'Jacob was de laatste maanden niet in zijn gewone doen.' Het klonk als een analyse. 'Hij was anders dan normaal... onzeker, prikkelbaar, nerveus.'
De grijze speurder pakte zijn hoedje van het tapijt en stond op. 'Kent u de reden?' vroeg hij.
Ze liep langzaam de kamer uit. 'Vrouwen,' sprak ze voorzichtig, 'hebben vaak een scherp gevoel voor stemmingen. Volgens mij had zijn slechte humeur iets te maken met een fraudezaak die hij onder handen had. Een jongeman had een bank opgelicht en daar zaten blijkbaar een paar vervelende kanten aan.'
'Heeft uw man die met u besproken?'
Mevrouw Van Abbenes schudde haar hoofd. 'Ik heb flarden opgevangen van een gesprek dat hij hier thuis met een vriend voerde.'

'Welke vriend?'
'Dr. Hardinxveld, chirurg aan het Mattheus-ziekenhuis.'
De Cock fronste zijn wenkbrauwen. 'En met hem besprak hij een fraudezaak?' In zijn stem trilde verbazing.
Mevrouw Van Abbenes knikte nadrukkelijk. 'Ik heb toen ook een paar maal de naam van de jongeman horen noemen.'
De Cock kneep zijn ogen half dicht.
'En die was?'
'Casper... Casper van Hoogwoud.'

De mond van Vledder zakte open. Stomverbaasd staarde hij de grijze speurder aan. 'Casper van Hoogwoud... betrokken bij een fraudezaak?'
De Cock knikte bedaard.
'Een fraudezaak, die door de vermoorde advocaat Van Abbenes werd behandeld.'
De jonge rechercheur grinnikte ongelovig. 'Dan waren die honderdduizend gulden, die hij zo zorgvuldig met tape op zijn buik had geplakt, toch niet afkomstig van een of andere drugs-deal, zoals wij gisterenavond maar gemakshalve hebben aangenomen.' Hij zweeg even. 'Ik had, eerlijk gezegd, toch al mijn twijfels. Nadat jij weg was, heb ik vanmorgen eerst even met de narcoticabrigade gebeld. Daar kende men onze Casper van Hoogwoud niet.'
'En Marcel?'
Vledder knikte nadrukkelijk.
'Die kende men wel. Maar alleen als gebruiker van verdovende middelen. Niet als handelaar.'
De Cock staarde enige tijd voor zich uit.
'Casper van Hoogwoud,' sprak hij traag en nadenkend, 'heeft een blanco strafregister.' Hij keek vragend naar Vledder. 'Er bestaan ook geen stukken, dat er een zaak tegen hem aanhangig is gemaakt?'
'Nee.'
De Cock schudde zijn hoofd.
'Dan heeft de benadeelde bank van de fraude geen officiële aangifte bij de politie gedaan.'
'Waarom niet?'
De grijze speurder wuifde achteloos. 'Dat gebeurt wel meer... uit publiciteitsgronden. Banken hangen hun vuile was niet graag buiten. Dat schaadt het aanzien en vertrouwen.'

'Maar dan begrijp ik het niet. Op welke wijze raakte Van Abbenes dan bij die fraudezaak betrokken? Als Casper van Hoogwoud nooit officieel in staat van beschuldiging is gesteld... hoe kan hij dan als zijn advocaat optreden?'
De Cock stak belerend zijn wijsvinger omhoog. 'Volgens mij was Van Abbenes niet de advocaat van Casper van Hoogwoud, maar vertegenwoordigde hij de bank als rechtskundig adviseur.'
Vledder grijnsde. 'Om te zien of er binnenskamers nog wat te redden viel.' De Cock knikte instemmend. 'Dat zal de filosofie van de bank zijn geweest... geen ruchtbaarheid en zoveel mogelijk geld terug.'
'Moeten wij de bank nu inlichten over die honderdduizend gulden van Casper?'
De Cock schudde zijn hoofd.
'Dat ligt niet op onze weg... althans voorlopig niet. Officieel weten wij van niets. Het is ons zelfs niet bekend bij welke bank de fraude werd gepleegd.'
'Hoe komen we daar achter?'
De Cock glimlachte. 'Heel simpel... we vragen het Casper.'
'En als die niets wil zeggen?'
'Dan heb ik nog een pijl op mijn boog,' zei De Cock met een strak gezicht.
'Welke?'
'Dr. Hardinxveld.'

De Weteringschans zag er bij een bleek zonnetje veel vriendelijker uit, dan tijdens de wilde stormnacht.
Toen Vledder een parkeerplaatsje vond, manoeuvreerde hij behendig uit de verkeersstroom en zette de oude Volkswagen aan de rand van het trottoir. De beide rechercheurs stapten uit.
De Cock vroeg aan Vledder of hij nog wist waar het was.
De jonge rechercheur diepte uit het borstzakje van zijn colbert een kladje op en raadpleegde zijn aantekeningen.
'Het is beneden op nummer 876. Ik heb het voor we weggingen even uit het proces-verbaal van aanhouding gelicht.'
De Cock knikte dankbaar.
'Ik ben benieuwd of we nog treurende familieleden aantreffen.'
Vledder glimlachte. 'Misschien de despotische vader.' Hij keek opzij. 'Hoe noemde Casper hem ook weer?'
'Een ouderwetse patriarch met orthodoxe ideeën.'

'Zou het zo erg zijn?'
De Cock trok zijn schouders op. 'Ik was het vroeger ook niet altijd met het regime van mijn vader eens,' sprak hij achteloos. 'Generaties botsen weleens.'
Voor nummer 876 bleven ze staan. De Cock herkende de deur en rukte krachtig aan de koperen knop van een oude trekbel. Het resultaat was een oorverdovend gerinkel.
Vledder grinnikte.
'Je maakt de hele buurt wakker.'
Reeds na enkele seconden deed Casper van Hoogwoud open. Hij droeg dezelfde pantalon en donkerblauwe blazer als de avond tevoren. Met zichtbare verwondering staarde hij de beide mannen aan.
'Komen jullie mij nu al mijn geld terugbrengen?' In zijn stem trilde een licht sarcasme.
De Cock schudde zijn hoofd.
'We wilden nog eens met je praten.'
'Ik dacht dat gisteren alles al gezegd was?'
De Cock negeerde de opmerking.
'Is... eh, is Marcel nog in huis?'
De jongeman schudde zijn hoofd. 'Ik heb hem vanmorgen vroeg al door de begrafenisondernemer weg laten halen. Als vader en Marianne hem nog willen zien, dan gaan ze maar naar de rouwkamers in de P.C. Hooftstraat. Ik heb geen zin om nog eens een nacht met een dode onder één dak te slapen.' Het klonk hard en ongevoelig.
De Cock keek hem peinzend aan.
'Ik dacht, dat je erg op je broer was gesteld?'
Casper van Hoogwoud knikte nukkig.
'Op een *levende*...' Hij stokte, veranderde van toon. 'Laten we de discussie binnen voortzetten. Het behoeft geen openbare vertoning te worden.' Hij draaide zich snel om en liep de brede gang in. De Cock sjokte achter hem aan en Vledder deed de deur dicht.
Eerst nu bleek dat de woonkamer uitzag op een goed onderhouden tuin, eindigend in een dichte haag van coniferen. De hoge ramen lieten in de kamer veel daglicht toe.
De Cock keek een tijdje naar de bank, waarop de avond tevoren de dode Marcel had gelegen. Daarna blikte hij naar Casper van Hoogwoud. Er was iets in het gedrag van de jongeman, dat hem hinderde.
'Vannacht,' sprak hij bijna toonloos, 'belde ons iemand en die zei: Marcel werd vermoord.'

Casper van Hoogwoud keek verrast naar hem op.
'Wie?'
'Een vrouw... ze heeft haar naam niet genoemd.'
De jongeman trok achteloos zijn schouders op. 'Een misselijke grap.'
De Cock vroeg onverstoord: 'Werd... werd Marcel vermoord?'
In een theatraal gebaar van wanhoop stak Casper van Hoogwoud zijn beide handen omhoog. 'Marcel stierf aan de gevolgen van zijn AIDS,' riep hij geëmotioneerd. 'U was er toch gisteren zelf bij... u heeft toch gehoord wat de huisarts zei. Wat valt er verder nog te zeuren? Een of ander gek mens belt u op en...' Hij maakte zijn zin niet af; deed alsof het onderwerp was afgedaan. 'Wanneer krijg ik mijn geld terug?'
De Cock trok zijn gezicht strak.
'Dat geld is van fraude afkomstig. Je hebt een bank opgelicht.'
Casper van Hoogwoud keek hem ongelovig aan.
'Wie zegt dat?'
'Een advocaat. Mr. Van Abbenes.'
De jongeman lachte hard, kil, zonder blijheid.
'Mr. Van Abbenes,' herhaalde hij met duidelijke spot. 'Die man heeft mij een paar maal op zijn kantoor aan de Keizersgracht ontboden. Hij eiste van mij de teruggave van honderdduizend gulden. Ik zou de IJsselsteinse bank voor dat bedrag hebben opgelicht.'
'En dat is niet zo?'
Casper van Hoogwoud grijnsde.
'Natuurlijk niet. Ik heb een rekening bij de IJsselsteinse bank. Iemand heeft daar honderdduizend gulden op gestort. En dat geld heb ik van mijn rekening gehaald. Volkomen legaal. Daar kwam geen fraude aan te pas.'
'Had je recht op dat geld?'
'Blijkbaar, blijkbaar vond iemand het nodig om mij een plezier te doen.'
De Cock snoof.
'Casper, het stinkt.'
De jongeman reageerde ongewoon heftig. 'Weet u wie stinkt?' riep hij fel. 'Die Mr. Van Abbenes. Dat is een schurk van het zuiverste water. Die man heeft met alles gedreigd... van de politie tot aan de onderwereld.' Hij strekte zijn hand naar De Cock uit. 'Als u hem ziet, zeg hem dan dat hij naar zijn geld kan fluiten.'
De Cock schudde traag zijn hoofd.

'Dat zeg ik hem niet. Het zou ook weinig zin hebben om dat te doen. Mr. Van Abbenes is dood.'
De mond van Casper van Hoogwoud zakte open. Zijn ogen werden groot en zijn handen begonnen te trillen.
'Dood?' herhaalde hij toonloos.
De Cock knikte.
'Iemand mepte hem vannacht heel onplezierig een groot gat in zijn schedel.'
'Wie?'
De grijze speurder keek hem aan. Om zijn lippen danste een lichte grijns.
'Jij?'

5

Vledder reed te fel van de troittoirrand weg. De motor van de oude Volkswagen kreunde onder luid protest.
De Cock keek om naar de deur van nummer 876. Hij was er stellig van overtuigd dat hij die deur aan de Weteringschans nog eens zou terugzien en dat dit niet het laatste bezoek was dat hij aan het pand bracht.
Het onderhoud met de jonge Casper van Hoogwoud had hem niet bevredigd. Integendeel, het bezorgde hem een katterig gevoel van teleurstelling en onbehagen. Er was duidelijk iets mis met die jongen. Iemand stort niet 'zomaar' een bedrag van honderdduizend gulden op een bankrekening van een achttienjarige knaap. Dat stonk.
Hij schoof zijn oude vilten hoedje naar voren en zakte wat onderuit. Casper was sterk, toonde een grote geestelijke weerbaarheid. Zelfs een rechtstreekse beschuldiging van de moord op Mr. Van Abbenes, had hij glansrijk doorstaan. Opmerkelijk voor een jongen van zijn leeftijd.
De grijze speurder krabde zich achter in zijn nek. Er moest toch een mogelijkheid zijn om door dat pantser heen te breken en een bres te slaan in dat bastion van...
Vledder onderbrak zijn overpeinzingen. 'Ik heb Dr. Rusteloos toch maar niets over AIDS gevraagd,' sprak hij verontschuldigend.
'Waarom niet?'
De jonge rechercheur schudde zijn hoofd.
'Het was gewoon niet te doen. De man is zo doof... er is bijna geen conversatie met hem te voeren.'
De Cock knikte begrijpend. 'Wat zei hij over de wond?'
'Absoluut dodelijk.'
'En het wapen?'
Vledder zuchtte.
'Dat was nogal moeilijk. Dr. Rusteloos zei mij, dat hij een wond van die vorm en afmeting in zijn lange praktijk van gerechtskundig patholoog-anatoom nog nooit had gezien. De wond had niet, zoals bij dergelijke schedelletsels gebruikelijk, de vorm van een hamer, een bijl, een knuppel of een steel van een breekijzer.'
De oude rechercheur kwam geïnteresseerd omhoog en schoof zijn hoedje terug.

'Van wat dan wel?'
Vledder strekte zijn rechterhand en tekende met zijn wijsvinger op de voorruit. 'Het is een soort delta met een afgeplatte punt. Misschien kun je de vorm van de wond het beste vergelijken met een walvis zonder staart. De rugkromming, bedoel ik.'
'Vreemd.'
'Dat vond Dr. Rusteloos ook. Ik heb er voor alle zekerheid maar een paar foto's van laten maken. Bram van Wielingen heeft mij beloofd dat hij ze vandaag nog zou opsturen.'
De Cock knikte goedkeurend.
'Had Van Abbenes een gewone schedel?'
'Hoe bedoel je?'
'Geen bijzonder dunne... een zogenaamde 'eier'-schedel?'
Vledder schudde zijn hoofd. 'Het bot was van normale dikte, wel enkele millimeters. De klap achter op het hoofd – met wat voor wapen dan ook – moet met flinke kracht zijn toegebracht.'
De Cock kauwde nadenkend op zijn onderlip.
'Verder nog bijzonderheden?'
De jonge rechercheur tastte in de rechter buitenzak van zijn colbert en nam daaruit een in vloeipapier verpakte gouden ketting met hanger. Hij reikte hem De Cock aan. 'Toen we hem uitkleedden, vonden we dit nog om zijn hals.'
De grijze speurder vouwde het vloeipapier open en bekeek het sieraad aandachtig.
'Het lijkt wel een stiertje.'
'Dat is het ook... een symbool van een sterrenbeeld. Van Abbenes is niet de enige. Er zijn meer mensen die een dergelijk hangertje om hun hals dragen,' antwoordde Vledder.
De Cock nam het sieraad uit het vloeipapier en hield het in de palm van zijn hand. Het stiertje was fraai gemoduleerd, met aandacht voor elk detail. Hij woog het in zijn hand. Het was vrij zwaar en beslist kostbaar.
De oude rechercheur keek naar Vledder. 'Iedereen draagt toch zijn eigen sterrenbeeld?'
Vledder glimlachte.
'Dat is wel gebruikelijk.'
De Cock deed de ketting met het beeldje terug in het vloeipapier en legde het Vledder in de hand.
'Het klopt niet.'

'Wat niet?'
'Dat sterrenbeeld. Van Abbenes werd op 3 januari geboren. Hij was geen Stier... maar een Steenbok.'

Vledder parkeerde de oude Volkswagen op de steiger achter het politiebureau. De beide rechercheurs stapten uit en wandelden via de Oudebrugsteeg naar de Warmoesstraat. Het werd al weer druk in de Lange Niezel. De Cock groette in het passeren een fleurig hoertje. Vledder haalde het propje vloeipapier uit zijn zak.
'Wat doen we met dat sterrenbeeld?'
'Bewaren. We hebben nog meer sieraden van de advocaat... een mooie aanleiding om mevrouw Van Abbenes nog eens met een bezoek te vereren.'
Toen ze de hal van het bureau binnenstapten, riep Jan Kusters hen van achter de balie. Hij pakte een vel papier uit zijn dienstboek en gaf het aan De Cock.
'Het rapport van Brandsma.'
De Cock keek hem niet begrijpend aan.
'Wie is Brandsma?'
'De jonge diender aan wie jij vannacht vroeg om in de omgeving van de peedee[*] te zoeken naar auto's waarvan de motorkap nog warm aanvoelde.'
De blik van De Cock verhelderde.
'En?'
Jan Kusters gebaarde naar het rapport.
'Lees maar. Er was in de buurt maar één wagen met een warme motorkap... een lichtgrijze Mercedes. Brandsma heeft het kenteken voor je opgevraagd. De Mercedes staat op naam van Dr. D. E. L. Hardinxveld.'
De Cock was verrast en trok zijn neus iets op. 'Hardinxveld?' herhaalde hij.
Jan Kusters knikte.
'Chirurg in het Mattheus-ziekenhuis.'

De Cock liet zich in zijn stoel achter zijn bureau zakken. Zijn gezicht stond ernstig. Hij trok een lade open en legde het rapport van agent Brandsma op een stapel oude processen-verbaal. 'Een keurig rap-

---
[*] peedee = plaats-delict

port,' mompelde hij goedkeurend.
Vledder schoof een stoel bij en ging er achterstevoren op zitten. 'Dat kan toch?'
De Cock keek verstoord op. 'Wat?'
'Dat Mr. Van Abbenes vannacht in de Mercedes van Hardinxveld reed. Je hebt het zelf van zijn vrouw gehoord... de chirurg was zijn vriend.'
'Ik mag aannemen,' knorde De Cock, 'dat Van Abbenes zelf ook een wagen heeft.'
Vledder grinnikte.
'Die staat ergens defect in een garage.'
De Cock schudde geprikkeld zijn hoofd.
'Dergelijke mensen krijgen van hun garage dan onmiddellijk een reservewagen mee. In de regel zijn ze daarvoor zelfs verzekerd.'
Vledder keek hem schuins aan.
'Je hecht er wel enige betekenis aan?' vroeg hij licht verwonderd.
De Cock knikte traag.
'Van Hardinxveld,' sprak hij grimmig, 'zal met een redelijke verklaring moeten komen.'
Er werd op de deur van de recherchekamer geklopt. Nadat Vledder luid 'binnen' had geroepen, verscheen er in de deuropening een man. De Cock schatte hem op voor in de vijftig. Hij droeg een slobberig grijs kostuum, waarvan de beide ellebogen glommen van slijtage.
De man stapte naar de oude rechercheur.
'U bent De Cock?'
De grijze speurder keek omhoog en knikte. 'Met ceeooceekaa,' reageerde hij. De man trok zijn mond strak.
'Ik had u al op kantoor verwacht.' Het klonk als een terechtwijzing.
De Cock kneep zijn wenkbrauwen samen. 'Welk kantoor?'
De man wees achter zich.
'Ons kantoor, natuurlijk. Mijn naam is Van Dungen... Charles van Dungen. Ik ben bediende, of beter gezegd, de rechterhand van de heer Van Abbenes.' Hij keek De Cock droevig aan. 'Na het verschrikkelijke gebeuren van vannacht... heb ik de gehele morgen op uw komst zitten wachten.'
Vledder stond van zijn stoel op, draaide die om en bood hem de man beleefd aan. Charles van Dungen schoof de stoel iets dichter naar De Cock en ging zitten. Zijn gezicht, met een gele, bijna zeemleren huid, stond gespannen.

'Ik... eh, ik kan u wellicht waardevolle aanwijzingen geven,' ging hij nerveus verder. 'Ik genoot al vele jaren het volle vertrouwen van de heer Van Abbenes en was op de hoogte van alle zaken die hij in behandeling had.'
De Cock boog zich naar hem toe. 'Ook die zaken,' vroeg hij met een lichte grijns, 'die het daglicht niet kunnen verdragen?'
Charles van Dungen toonde pure verontwaardiging.
'Een dergelijke opmerking bevalt mij niet, rechercheur,' sprak hij streng en bestraffend. 'In het geheel niet. U moet één ding duidelijk voor ogen houden... de heer Van Abbenes was geen advocaat van kwade zaken. Met affaires die het daglicht niet kunnen verdragen, zou hij zich nooit hebben ingelaten. De heer Van Abbenes was een integer mens.'
De Cock schonk de man een beminnelijke glimlach.
'Ik waardeer het in u, dat u zo reageert,' sprak hij zoet vlijend. 'Ik proef uit uw woorden dat u zeer aan uw werkgever was gehecht.'
Charles van Dungen knikte instemmend.
'Absoluut. En daar had ik alle reden toe. Ik heb bijna twintig jaar uiterst plezierig bij hem gewerkt.' Hij zweeg even en staarde nadenkend voor zich uit. 'Zijn plotseling verscheiden maakt mijn toekomst wat onzeker. Hoewel ik aanneem, dat zijn opvolger mij wel in dienst zal houden.' Hij tikte met zijn wijsvinger tegen de zijkant van zijn hoofd. 'Daar zit veel praktische kennis.'
'Is zijn opvolger al bekend?'
'Nee.'
'Had de heer Van Abbenes geen compagnon?'
Charles van Dungen schudde zijn hoofd.
'De heer Van Abbenes was een pure individualist... een man, die heel moeilijk kon delegeren.'
De Cock knikte begrijpend.
'Had u daar persoonlijk moeite mee?'
'Soms. Ik wilde hem graag zo veel mogelijk werk uit handen nemen, maar dat liet hij niet altijd toe.'
'Kent u mevrouw Van Abbenes?'
Het gezicht van Charles van Dungen betrok.
'Het huwelijksleven van de heer Van Abbenes was niet bijster gelukkig,' sprak hij droevig. 'Ik bedoel, het huwelijk heeft hem niet het geluk gebracht, dat men van een dergelijke verbintenis mag verwachten.'

De Cock glimlachte om de formulering.
'Zocht hij nooit naar een compensatie?'
Charles van Dungen keek hem wat verward aan.
'Voor... eh, voor dat... eh, minder gelukkige huwelijk?' vroeg hij onzeker.
'Precies... vrienden, andere vrouwen?'
Charles van Dungen tastte aarzelend naar zijn voorhoofd. De vraag bracht hem zichtbaar in verlegenheid. 'De heer Van Abbenes,' zei hij voorzichtig, 'vertoefde veel in het clubhuis.'
'Clubhuis... welk clubhuis?'
'Van de golfclub... Amstelland. Als ik hem dringend nodig had, kon ik hem daar veelal bereiken. Daar trof hij ook zijn vrienden.'
'Dr. Hardinxveld?'
Charles van Dungen knikte bedaard.
'Die heb ik wel eens op kantoor ontmoet... Douwe Hardinxveld... chirurg aan het Mattheus-ziekenhuis.'
'Kent u nog andere vrienden... vriendinnen?'
Charles van Dungen trok zijn schouders op.
'Van vriendinnen weet ik niets,' zei hij knorrig. 'Op de golfclub ontmoette hij buiten Dr. Hardinxveld ook wel andere vrienden. Die ken ik echter niet. De heer Van Abbenes hield zijn privé-leven zoveel als doenlijk buiten zijn werksfeer.'
De Cock plooide rimpels in zijn voorhoofd.
'Heeft u echt nooit iets gemerkt van relaties met vrouwen?' vroeg hij met een zweem van ongeloof. 'De heer Van Abbenes was een niet onknappe, uiterst gefortuneerde man, die van zijn wettige echtgenote weinig tederheid ontving. Ik dacht toch, een gewillige prooi voor...' Hij maakte zijn zin niet af maar keek de man naast hem doordringend aan. 'U zult op kantoor toch wel eens gesprekken met dames hebben beluisterd?'
Charles van Dungen trok zijn gezicht strak.
'Die waren altijd van zakelijke aard.'
De Cock krabde zich achter in zijn nek en zuchtte diep. Een gevoel van medelijden bekroop hem... medelijden met zichzelf... moeizaam ploeterend aan alweer een moordzaak. Hij dreef dat verlammende gevoel uit zijn gedachten en produceerde een moede glimlach. 'U... eh, u zei, dat u mij mogelijk waardevolle aanwijzingen kon geven.'
Charles van Dungen knikte nadrukkelijk.

'Ik weet wie de heer Van Abbenes heeft vermoord.'
De Cock schoof van schrik naar het puntje van zijn stoel.
'Wie?'
Charles van Dungen nam met precieze bewegingen zijn agenda uit de binnenzak van zijn colbert en sloeg hem open.
'Franciscus,' sprak hij plechtig, 'Franciscus van der Kraay... dossier PLX 84.'

6

'Franciscus van der Kraay?'
Charles van Dungen knikte weer. 'Een wilde, wat primitieve man. Explosief. Gewelddadig.'
'En die Van der Kraay heeft Mr. Van Abbenes vermoord?'
'Daarvan ben ik overtuigd.'
'Waarop berust die overtuiging?'
Charles van Dungen verschoof iets op zijn stoel.
'Mr. Van Abbenes heeft in het begin van dit jaar een echtscheidingsprocedure voor hem gevoerd. Van der Kraay was het met de uiteindelijke voorwaarden van de scheiding niet eens, of totaal oneens. Vooral de alimentatie was naar zijn mening veel te hoog uitgevallen. Hij achtte Mr. Van Abbenes daarvoor aansprakelijk, stelde, dat hij zich door zijn... eh, ongetwijfeld knappe vrouw, had laten inpalmen.'
De Cock glimlachte.
'Ik neem aan,' sprak hij bedaard, 'dat bij echtscheidingsperikelen, waarbij de emoties vaak hoog opladen, dergelijke beschuldigingen wel meer voorkomen.'
'Zeker. In ons kantoor ontstaan soms wilde tonelen. Dat is niet altijd te vermijden. Maar tot echte handtastelijkheden komt het vrijwel nooit.'
'Bij Van der Kraay wel?'
Charles van Dungen gebaarde heftig. 'Ik zei u het toch al, die man is gewelddadig, reageert uiterst primitief. En hij is sterk als een beer. Hij heeft mij eens met een enkele armbeweging tegen de grond geslagen, toen ik hem niet direct tot Mr. Van Abbenes wilde toelaten. Dat was ook de eerste keer dat hij zijn dodelijke bedreigingen uitte.'
De Cock hield zijn hoofd iets schuin.
'Dodelijke bedreigingen?' herhaalde hij. Zijn stem had ongewild een wat cynische klank.
Het ontging Charles van Dungen niet. Hij keek even op. Daarna raadpleegde hij zijn agenda.
'Van der Kraay heeft letterlijk gezegd: *geloof me, beste man, ik sla je je hersenen in*. Hij heeft die bedreiging in totaal wel driemaal herhaald, op verschillende momenten. Ik heb de tijdstippen waarop hij die woorden uitsprak, genoteerd, precies met datum en uur.'

'Waarom?'
'Wat bedoelt u?'
De Cock spreidde zijn armen.
'Waarom heeft u daarvan zo exact boek gehouden?'
Charles van Dungen keek de oude rechercheur hoofdschuddend aan.
'Ik heb het gevoel,' zei hij verwijtend, 'dat u weinig waarde aan mijn woorden hecht... dat u onvoldoende beseft wat voor een man die Van der Kraay is.' Hij bracht zijn beide handen trillend omhoog. 'Het waren geen loze bedreigingen van een machteloze man, die woedend zijn emoties ontlaadde. Integendeel. Van der Kraay meende wat hij zei. Hij sprak zijn woorden kalm en duidelijk uit. Zonder pathos. Ik... en ook de heer Van Abbenes, wij hebben zijn uitlatingen per se ernstig genomen. Gezien onze ervaringen met de heer Van der Kraay sloten wij geenszins de mogelijkheid uit, dat hij zijn bedreigingen eens zou uitvoeren. Daar hielden we terdege rekening mee.' Hij zweeg even en liet zijn hoofd iets zakken. 'Toen ik vanmorgen vernam,' ging hij op sombere toon verder, 'dat de heer Van Abbenes voor de deur van zijn kantoor met een slag op het achterhoofd was vermoord, stond het voor mij vast dat Van der Kraay de dader was... ook al omdat de termijn afliep.'
De Cock fronste zijn wenkbrauwen.
'Termijn... wat voor een termijn?'
Charles van Dungen zuchtte en legde uit:
'Gisteren... middernacht... tot zolang had hij Mr. Van Abbenes de tijd gegeven. Als hij voor dat tijdstip niet voor andere voorwaarden inzake zijn huwelijksontbinding had gezorgd, zou hij, Van der Kraay, onverbiddelijk toeslaan.'

'Gaan we hem arresteren?'
'Wie?'
Vledder deed wat geprikkeld. 'Die Franciscus van der Kraay.'
De Cock trok gelaten zijn schouders op.
'Ik wil eerst wat meer weten.'
'Nog meer?' vroeg Vledder spottend. 'Het lijkt mij nogal duidelijk. Die man heeft gedreigd om Mr. Van Abbenes zijn hersens in te slaan...'
De Cock onderbrak hem. 'En er zit een deuk in zijn hersenpan.'
'Precies,' zei Vledder heftig knikkend. 'En denk aan de termijn... gisteren... middernacht. Het kan toch geen toeval zijn dat de heer

Van Abbenes enkele uren na het verstrijken van de termijn werd vermoord.'
'Dat is inderdaad opvallend,' sprak De Cock bedaard.
Vledder keek zijn oude collega onderzoekend aan. Zijn jong gezicht stond ernstig. 'Ik... eh, ik vond toch,' sprak hij licht verwijtend, 'dat je die brave Charles van Dungen met weinig respect behandelde. Die man wil ons oprecht behulpzaam zijn. Maar soms leek het alsof je hem in het geheel niet serieus nam.'
De Cock leunde achterover in zijn stoel. Het verwijt van zijn jonge collega trof hem. 'Ik moet je iets bekennen,' sprak hij wat timide. 'Ik... eh, ik ken Fransie van der Kraay... of 'Kraaitje', zoals hij vroeger werd genoemd. Heel lang geleden heb ik wel eens iets met hem te maken gehad.'
'Hoelang?'
'Een jaar of vijftien. Misschien nog langer. Hij woonde toen op het stille stukje van de Geldersekade. Kraaitje kwam altijd in het geweer, wanneer naar zijn mening ergens onrecht was geschied.'
'Gewelddadig?'
'In de regel.'
'Primitief?'
'Meestal.'
Vledder boog zich naar hem toe. 'De Cock... wat wil je nog meer?' Hij kon de ergernis in zijn stem niet weren. 'Alles sluit als een bus. Ditmaal was, naar zijn mening, hem persoonlijk onrecht aangedaan.' Hij zweeg even peinzend. 'En denk eens aan dat telefoontje achteraf: *niet wegens uwe gerechtigheid, maar de mijne*. Dat duidt toch volkomen op het karakter van die Franciscus van der Kraay.'
De grijze speurder reageerde plotseling scherp.
'Dat telefoontje, Dick... kwam van een vrouw.'

De Cock bemerkte ineens dat ze al geruime tijd stil stonden. Hij drukte zich wat omhoog en bezag de file op het Damrak voor de verkeerslichten van de Dam. 'Ik dacht dat we al veel verder waren,' mijmerde hij hardop. Met een zorgelijk gezicht schoof hij de mouw van zijn colbert terug en keek op zijn horloge. Het was al bijna kwart over vier. Als het verkeer hen nog langer ophield, kwamen ze beslist te laat.
Vledder keek hem van terzijde aan. 'Het spitsuur begint. Straks wordt het nog erger.' Hij zweeg even. 'Moet het per se vandaag?'

'Wat-ge-vandaag-nog-kunt-verrichten... stel-dat-nooit-tot-morgen-uit,' declameerde De Cock met stemverheffing.
Vledder grinnikte.
'Dat is zeker weer zo'n uitspraak van je oude moeder?'
De Cock lachte ontspannen.
'Je begint mijn familie al aardig te kennen.'
Er kwam weer wat beweging in de file en de jonge rechercheur trok de wagen langzaam op. 'Wat dacht je bij die IJsselsteinse bank te bereiken?'
De Cock gebaarde wat vaag in de ruimte.
'Mr. Daerthuizen, de algemeen directeur van de bank, was zo vriendelijk en bereidwillig om ons te ontvangen. En dat, geloof me, is al heel wat.'
Vledder gniffelde.
'Maar geen antwoord op mijn vraag.'
De Cock plukte aan het puntje van zijn neus.
'Die vermaledijde honderd bankbiljetten van duizend gulden, die Casper van Hoogwoud rond zijn buik had geplakt, zitten mij nog steeds behoorlijk dwars. Misschien dat wij de bankrekening van die jongeman eens onder ogen kunnen krijgen.'
'Wat wil je ermee?'
De Cock grijnsde. 'Ambtelijke nieuwsgierigheid, het intrigeert mij gewoon wie er zo losjes met een ton omgaat.'
'Je bedoelt... wie die honderdduizend gulden op die jongen zijn rekening heeft gestort?'
De Cock knikte. 'En waarom? Ik ben nogal kritisch bij het beschouwen van liefdadige motieven.'
Ze reden zwijgend verder. Het verkeer werd in korte tijd nog intensiever en ze kwamen maar langzaam vooruit. De Cock keek weer op zijn horloge. De heer Daerthuizen had hem beloofd dat hij tot half vijf op hem zou blijven wachten. Het was al bijna vijfentwintig minuten over vieren. De tijd begon te dringen.
Vledder vloekte hartgrondig op de chauffeur van de auto voor hen, die bij een kruising treuzelde. 'Heb je aan directeur Daerthuizen verteld waarover je hem wilde spreken?' vroeg hij, nadat hij weer vrij baan had.
'Dat moest ik wel. Daerthuizen wilde zich op het gesprek voorbereiden en voordien wat informaties inwinnen. Ik heb daar wel begrip voor. Ik ben zo vaag mogelijk gebleven, maar kon er toch niet aan

voorbij om de naam van Casper van Hoogwoud te noemen. Uiteraard was ik hem het liefst rauw op zijn dak gevallen.'
Vledder draaide vanaf de Vijzelstraat de Keizersgracht op. 'Weet je wat ik niet begrijp, De Cock?'
'Nou?'
'Waarom jij op het bureau, tijdens jouw onderhoud met Charles van Dungen, niet over de affaire Casper van Hoogwoud hebt gesproken. Ik had dat verwacht. Hij had je wellicht enige opheldering kunnen geven.'
De Cock draaide zich half naar hem toe.
'Ik heb er echt aan gedacht, Dick. Maar al in het begin van het gesprek heb ik het plan laten varen. Zie je, die Charles van Dungen is of bijzonder naïef... of hij toont ons opzettelijk een vals beeld van een uiterst integere Mr. Van Abbenes. In beide gevallen leek het mij niet raadzaam om Casper van Hoogwoud en zijn – in mijn ogen – 'kwade' honderdduizend gulden ter sprake te brengen. Ik denk dat elk antwoord leugenachtig zou zijn geweest.' Hij wuifde wat nonchalant. 'Maar Charles van Dungen is de wereld nog niet uit.'
Vledder vond bij de bank op de gracht aan de wallekant voor de Volkswagen nog een plekje tussen de bomen. De beide rechercheurs stapten uit. De Cock raadpleegde opnieuw zijn horloge. 'Ik ben bang,' zei hij somber, 'dat hij er niet meer is. Wij zijn ruim twaalf minuten te laat.'
Vledder trok een ernstig gezicht.
'Laten we hopen,' sprak hij plechtig, 'dat de gerechtigheid de heer Daerthuizen ruim twaalf minuten waard is.'
De Cock keek bewonderend naar Vledder op.
'Dat is een mooie kreet,' sprak hij lovend.

Na het beklimmen van een brede, monumentale trap, liepen ze in de hal op een man af, die in een wit marmeren carré stond. Hij droeg een onberispelijk donkerblauw uniform met op beide revers, in zilver, het embleem van de bank.
De Cock nam zijn hoedje in de hand.
'Wij... eh, wij zijn rechercheurs van politie... Vledder en De Cock... van het bureau Warmoesstraat. We hebben een afspraak met de heer Daerthuizen.'
De man keek omhoog naar een enorme klok. Daarna keek hij weer hooghartig naar de rechercheurs. 'Op dit tijdstip,' sprak hij wat ver-

veeld, 'is onze heer Daerthuizen in de regel niet meer in het gebouw aanwezig.'
De Cock maakte een verontschuldigend gebaartje.
'Het spijt ons. Wij zijn wat opgehouden in het verkeer. Maar de heer Daerthuizen heeft beloofd op ons te zullen wachten.'
De man in uniform verliet met duidelijke tegenzin zijn carré en verdween een tiental meters verderop achter een hoge deur. Na een paar minuten kwam hij terug en leidde de rechercheurs naar de lift.
'De eerste etage,' sprak hij mat. 'De secretaresse van meneer zal u daar opwachten.' De Cock boog tot dank. Toen de liftdeuren op de eerste etage voor hen opengingen, stond daar een knappe, uiterst degelijk geklede jonge vrouw met een beroepsmatige glimlach om de lippen. 'Willen de heren mij volgen?' De Cock en Vledder sjokten achter haar aan door een ruime, met roze marmer beklede gang. Aan het eind vatte zij de klink van een fraai bewerkte houten deur, hield die uitnodigend open en verdween geruisloos.
Mr. Daerthuizen bleek een lange, statige man met een gebruind gelaat en strak donkerblond haar, iets grijzend aan de slapen. Hij troonde in een zetel met een opvallend hoge rugleuning achter een imposant bureau van donker eiken. Zonder op te staan wuifde hij de beide rechercheurs naderbij en bood hen een stoel aan.
'Waarmee kan ik de heren van dienst zijn?'
Het klonk niet onvriendelijk.
De Cock legde, zoals gebruikelijk, zijn oude hoedje naast zich op het tapijt. Daarna blikte hij omhoog, met zijn markant gezicht in een ernstige plooi.
'Wij hebben de droeve taak,' sprak hij somber, 'om een onderzoek in te stellen naar het gewelddadig verscheiden van de heer Van Abbenes... advocaat-procureur... kantoorhoudend hier op dezelfde gracht.'
Mr. Daerthuizen knikte... 'Ik heb het vernomen en ik moet u zeggen, dat ik door het gebeurde diep ben geschokt. Ik heb de heer Van Abbenes heel goed gekend. Wij waren... eh, hoe zal ik dat zeggen... vrienden.' Hij zweeg even en staarde de beide rechercheurs aan. 'Ik ben dan ook bereid om aan uw onderzoek mijn volledige medewerking te verlenen.'
De Cock knikte dankbaar.
'Onze naspeuringen hebben nog weinig resultaten opgeleverd. Dat was ook niet te verwachten in zo'n korte spanne tijds. We hebben

inmiddels wel begrepen, dat de heer Van Abbenes een omvangrijke praktijk had.'
De heer Daerthuizen glimlachte. 'Dat is algemeen bekend. De heer Van Abbenes was een uiterst kundig man.'
'Wij achten het niet uitgesloten,' vervolgde De Cock, 'dat het motief voor de moord schuilt in een van de zaken die de heer Van Abbenes als rechtskundige in behandeling had.'
Mr. Daerthuizen knikte instemmend.
'Inderdaad... een redelijke mogelijkheid.'
De Cock wreef met zijn pink over de rug van zijn neus.
'Ons is ter ore gekomen,' sprak hij voorzichtig, 'dat Mr. Van Abbenes een affaire in behandeling had, waarbij een jongeman zou zijn betrokken... Casper van Hoogwoud... ik heb u die naam door de telefoon reeds genoemd... die uw bank voor een bedrag van honderdduizend gulden zou hebben benadeeld.'
De heer Daerthuizen bracht in trage bewegingen zijn beide handen naar voren en drukte de vingertoppen tegen elkaar. 'Ik weet niet,' sprak hij ijzig, 'uit welke bronnen uw informaties afkomstig zijn, maar Mr. Van Abbenes kan een dergelijke zaak nooit in behandeling hebben gehad. Wij zijn namelijk niet benadeeld.'
De Cock trok zijn wenkbrauwen samen.
'En... eh, en Casper van Hoogwoud?'
'Die kennen wij niet.'
De grijze speurder drukte zijn teleurstelling weg.
'Hij... hij had hier een rekening.'
Mr. Daerthuizen schudde bedaard zijn hoofd.
'Een man van die naam heeft bij onze bank nooit een rekening gehad.'

7

Rechercheur De Cock verliet de IJsselsteinse bank in een pure mineurstemming. Hij had het onbestemde gevoel dat directeur Daerthuizen hem had belogen en hem opzettelijk valse informaties had verstrekt... hij besefte tegelijkertijd, dat hij geen mogelijkheden had om die leugens te ontzenuwen. Hij kon moeilijk de hele administratie van de bank overhoop halen. Daar had hij ook de bevoegdheid niet toe. Hij piekerde zich suf over het hoe en waarom en moest pijnlijk bekennen, dat al zijn hersenwerk geen vruchten afwierp.

Vledder, naast hem, toonde opgewekter. De jonge rechercheur leek van blijdere gevoelens bezield. Het bezoek aan de bank had hem niet gedeprimeerd. Integendeel. Hij maakte de indruk, dat de uitspraken van de directeur hem hadden opgelucht.

Ze sloften naar hun Volkswagen. Toen ze waren ingestapt, bleek dat het verkeer op de gracht zo was toegenomen, dat het niet mogelijk was om vanaf de parkeerplaats aan de wallekant weer op de rijbaan te komen.

Nadat een aantal pogingen van Vledder alleen maar een fel afkeurend getoeter ten gevolge had, maakte De Cock met beide handen een wat vermoeide wegwerp-beweging. 'Laten we maar blijven staan,' sprak hij triest.

Vledder reageerde verwonderd. 'Wil je hier overnachten?' Het gegroefde gelaat van de grijze speurder kreeg een expressie van intense droefheid. 'Ik geloof, dat we beter niets meer kunnen doen,' sprak hij somber. 'Gewoon ophouden... stoppen. Ik heb het gevoel dat elke stap die wij tot nu toe in deze zaak hebben ondernomen, verkeerd heeft uitgepakt.'

Vledder keek hem van terzijde aan.

'Dat is onzin. En dat weet je zelf ook.' Hij schudde zijn hoofd. 'Omdat die directeur Daerthuizen nu zegt dat Casper van Hoogwoud nooit een rekening bij de IJsselsteinse bank heeft gehad?' Het klonk misprijzend. 'Dat bewijst alleen dat die jongen liegt. Kijk... Casper van Hoogwoud kan de ware herkomst van die honderdduizend gulden niet prijsgeven zonder zichzelf te belasten. Daarom verzint hij steeds wat nieuws. Eerst had hij die ton met gokken verdiend... daarna had een onbekende weldoener dat vele geld uit pure vriende-

lijkheid op zijn rekening gestort.' Hij grinnikte. 'Leugens... allemaal leugens.' De Cock trok een bedenkelijk gezicht.
'Ik weet het niet,' sprak hij weifelend. 'Er zit meer aan dat geld vast. Ergens loopt een voor ons nog onzichtbare draad.' Hij zweeg even, kauwde nadenkend op zijn onderlip. 'Waarom memoreert mevrouw Van Abbenes, van de ongetwijfeld honderden affaires die haar man in de loop der jaren heeft behandeld, juist de zaak Casper van Hoogwoud? En waarom beweert directeur Daerthuizen zo nadrukkelijk en met volle overtuiging, dat er geen zaak Casper van Hoogwoud bestaat?'
Vledder reageerde niet op de vragen. De jonge rechercheur trok met een droevig gezicht zijn wenkbrauwen op.
'Heb je moeie voeten?' vroeg hij plotseling met iets van angst in zijn stem.
De Cock lachte bevrijd. Hij begreep de opmerking van zijn jonge collega deksels goed. Wanneer hij volkomen vast raakte, het niet meer wist, wanneer hij tijdens een onderzoek het verlammende gevoel had steeds verder van de oplossing weg te drijven, gaven zijn voeten pijnlijk acte de présence en leek het of helse duiveltjes met satanisch plezier duizenden spelden in de bollen van zijn kuiten dreven. Nog luid lachend schudde hij zijn hoofd.
'Voorlopig voel ik nog niets. Geen protesten van beneden. Maar als er niet snel een paar veranderingen komen en ons...' Hij kreeg geen gelegenheid om zijn zin af te maken. Vledder had een klein gaatje in de verkeersstroom ontdekt en reed wild schokkend achteruit. Toen hij zijn manoeuvre zonder blikschade had voltooid, blikte hij glimlachend opzij. 'Ik heb een glanzend idee,' sprak hij juichend.
'Nou?'
Vledder boog zich iets over zijn stuur.
'We gaan naar Smalle Lowietje. Ik heb de absolute zekerheid, dat in deze misère jouw stroeve keel dorst naar het fluweel van een cognackie.'
Over het gezicht van De Cock gleed een zoete grijns.
'Dick,' sprak hij plechtig, 'er is een profeet aan jou verloren gegaan.' Met de grijns nog op zijn gezicht liet hij zich onderuitzakken. In zijn hart stroomden weer hoopvolle gedachten.

In het schemerig intiem lokaaltje op de hoek van de Oude Barndesteeg en de Achterburgwal, door eigenaar Lowietje trots zijn 'etablisse-

ment' genoemd, hees De Cock zijn zware bovenlijf op een barkruk en keek rond. Vanaf zijn vertrouwde plek aan het uiteinde van de bar, had hij een goed zicht over de aanwezigen. Het was nog vrij stil. Ter begroeting zwaaide hij joviaal naar een paar lijvige, bedaagde hoertjes, die aan een tafeltje bij het raam voorzichtig nipten aan een zoet likeurtje.
Hij legde zijn oude hoedje op zijn knie en leunde behaaglijk met zijn rug tegen de muur. Hij zat graag zo aan de bar. Als zijn werk in de misdaad het even toeliet, wipte hij met Vledder het politiebureau uit. Samen slenterden zij dan op hun gemak langs de rode lichtjes en lichte meisjes naar het penozecafeetje aan de Wallen, waar de Cock iedereen kende. De grijze speurder genoot de reputatie in de onderwereld meer vrienden te tellen, dan daarbuiten. Hoewel hij heel goed wist, dat zijn superieuren die reputatie uiterst twijfelachtig vonden, sprak De Cock het nooit tegen.
Caféhouder Lowietje, wegens zijn tengere gestalte en geringe borstomvang meest 'Smalle' Lowietje genoemd, streek met zijn handen langs zijn morsig vest en liep vrolijk op de grijze speurder toe. Zijn vriendelijk muizesmoeltje glom van genegenheid.
'Het oude recept?'
Zonder op antwoord te wachten, dook Lowietje aalglad onder de bar en kwam weer boven met een fles fijne cognac 'Napoléon', die de tengere caféhouder speciaal voor De Cock in voorraad hield. Klokkend schonk hij in.
'Was er zoveel werk aan de Kit?' vroeg hij belangstellend. 'Ik heb je een paar dagen gemist.'
De Cock grinnikte. 'En ik mijn cognac.' Hij nam het bolle glas op, schommelde het zachtjes in de hand en snoof. Op zijn breed gezicht verscheen een uitdrukking van opperste verrukking. Hij nam omzichtig een slokje en liet de drank genietend door zijn keel glijden.
'Weet je, Lowie,' sprak hij dromerig, 'ik wist bijna niet meer hoe het smaakte.'
Smalle Lowietje lachte. 'Je behoeft je voorlopig geen zorgen te maken. Ik heb pas weer een nieuw voorraadje voor je ingeslagen.'
De Cock knikte dankbaar. Hij zette het glas voor zich neer en boog zich iets voorover. Toen het oor van de caféhouder dichtbij was, fluisterde hij: 'Weet jij waar Kraaitje tegenwoordig uithangt?'
Het gezicht van Smalle Lowietje betrok, kreeg een haast smartelijke uitdrukking.

'Zoek je hem?'
De grijze speurder glimlachte.
'Bezorgd, Lowie?'
De caféhouder haalde wat mistroostig zijn magere schoudertjes op.
'Ach, weet je,' sprak hij zorgelijk, 'ik heb nu eenmaal een zwak voor Kraaitje.'
De Cock knikte instemmend.
'Ik ook.'
'Toch zoek je hem?'
De grijze speurder spreidde zijn handen in een verontschuldigend gebaar. 'Wat moet ik?' sprak hij met een zweem van wanhoop. 'Ik kan moeilijk toestaan dat hij een advocaat de schedel inmept.'
'Die... eh, die Mr. Van Abbenes... heeft hij het gedaan?'
De Cock wreef over zijn kin.
'Wat denk jij, Lowie?'
De caféhouder staarde enige tijd nadenkend voor zich uit. Zijn altoos vriendelijk muizesmoeltje toonde ernstige trekken. 'Weet je, De Cock,' begon hij aarzelend, 'toen ik in de krant las, dat ze die advocaat hadden doodgeslagen, dacht ik onmiddellijk: dat heeft Kraaitje geflikt.' Hij klopte met zijn vuist op zijn smalle borst. 'Maar hier van binnen kan ik het niet geloven.'
'Waarom niet?'
De caféhouder reageerde wat korzelig.
'Kraaitje heeft een machtig grote bek..., een muil als de Westerschelde.' Hij hield zijn rechterhand omhoog, duim en wijsvinger iets uit elkaar. 'Maar een hart uit een zakkie snoep.'
De Cock schoof zijn onderlip naar voren.
'Vroeger mepte hij er toch ook lustig op los.'
'Ach, branie... toen was hij nog jong.'
De Cock glimlachte.
'Is hij na de dood van die Mr. Van Abbenes nog bij je in de zaak geweest?'
'Nee.'
'Wat van hem gehoord?'
'Nee.'
'Op de vlucht?'
Smalle Lowietje schudde zijn hoofd. 'Zo moet je dat niet zien, geloof ik.' Hij zweeg even.
'Kijk,' sprak hij belerend, 'Kraaitje heeft zo vaak verkondigd dat hij

die advocaat zijn hersens zou inslaan, dat iedere penozejongen denkt, dat hij het ook werkelijk heeft gedaan. Snap je? Dat begrijpt Kraaitje drommels goed.'
De Cock knikte begrijpend.
'Waarom had hij zo'n pest aan die advocaat?'
De caféhouder antwoordde niet direct. Hij schonk zichzelf en de beide rechercheurs nog eens in en nam een slok van zijn cognac.
'Kraaitje...' begon hij toen voorzichtig, 'Kraaitje heeft het moeilijk. Een jaar of tien geleden is hij hier uit de buurt vertrokken. Hij vond, dat hij met zijn reputatie van doldrieste nar, die door een ieder kon worden opgewarmd, hier in Amsterdam geen echte toekomst had. Daarom ging hij weg.'
'Ik was hem ook totaal uit het oog verloren.'
Smalle Lowietje knikte.
'Zijn oude moeder woont hier nog in de buurt. Die komt zo af en toe nog wel eens een neut bij mij halen. Zodoende bleef ik op de hoogte. Kraaitje ging naar Utrecht. Met wat geld van een oom begon hij daar een zaak in rijwielen en bromfietsen. Daar had hij wat verstand van. En het liep lekker. Kraaitje kon al gauw zijn zaak uitbreiden en verdiende aardig wat kluiten.' De caféhouder zette zijn glas neer. Zijn gezicht betrok. 'Twee jaar geleden ontmoette hij dat wijf.'
'Wat voor een wijf?'
Smalle Lowietje grinnikte. 'Sophie heet ze.' Zijn gezicht klaarde op. 'Een kanjer... echt. Misschien niet helemaal zuiver op de graad, maar om te zien een moordwijf met alles d'r-op en d'r-an. En Kraaitje was verkocht. Onmiddellijk. Binnen een maand waren ze getrouwd. Toen begon de ellende.'
De Smalle haalde achteloos zijn schouders op. 'Niet direct... maar toch al gauw. Ze belazerde Kraaitje bij het leven. In het begin wilde de jongen er niets van horen. Hij noemde het 'gezwam' van mensen die jaloers waren op zijn geluk. Tot hij haar thuis in bed betrapte met een andere kerel. Hij smeet haar de straat op en stapte naar een advocaat.'
'Mr. Van Abbenes.'
'Ja.'
'Om echtscheiding aan te vragen.'
Smalle Lowietje knikte traag.
'Precies... en dat heeft hij geweten.' Hij spreidde zijn beide handen. 'Wat dat wijf met die advocaat heeft gedaan, weet ik niet. Het

gaat mij in feite ook niet aan. Maar ze zal haar fraaie lijf wel in de strijd geworpen hebben. Hoe dan ook... wat er uiteindelijk uit de bus kwam, was voor Kraaitje zo verschrikkelijk, dat hij alles waarvoor hij jaren had geploeterd, in één klap kwijt was.'
'Zo erg?'
'Beslist,' knikte Lowietje overtuigend. 'Die jongen zit compleet aan de grond. Hij kan zijn zaak in Utrecht wel verkopen.'
De Cock fronste zijn wenkbrauwen.
'Van der Kraay behoefde toch niet onmiddellijk met die echtscheidings-voorwaarden akkoord te gaan? Er waren toch nog wel rechtsmiddelen?'
De caféhouder gebaarde wat triest voor zich uit. 'Wat weet zo'n jongen van rechtsmiddelen? Ze hadden hem die Mr. Van Abbenes aangeprezen als een bijzonder handige advocaat... specialist in echtscheidingen.' Hij zuchtte. 'Daar komt nog bij, dat Kraaitje in zijn onnozelheid meende dat hij volkomen in zijn recht stond. Hem kon niets gebeuren. Zij had toch overspel gepleegd; hij niet.'
De Cock luisterde en plukte aan zijn neus.
'Het ellendige is nog, dat Fransie van der Kraay zijn stomme bedreigingen ook in het kantoor van die advocaat Van Abbenes heeft uitgesproken. Nog wel in het bijzijn van getuigen.'
Smalle Lowietje kneep zijn ogen even dicht.
'Kloothommel.' Het kwam uit de grond van zijn hart.
De Cock nam zijn glas op en nam een slok. Hij zette het glas direct weer neer. De cognac smaakte hem niet. Hij keek Lowietje wat droevig aan.
'Zou Kraaitje het echt gedaan hebben?'
De Smalle reageerde verwonderd.
'Ben ik rechercheur... of jij?'
De grijze speurder liet zich zwijgend van zijn kruk glijden en zette zijn hoedje achter op zijn hoofd.
Smalle Lowietje wees naar het restje cognac, dat nog in zijn glas was achtergebleven.
'Moet je niet meer?'
'Nee.'
De tengere caféhouder keek De Cock enige ogenblikken onderzoekend aan. 'Ik begrijp het,' sprak hij meelevend. Hij pakte het glas weg. 'Ik vind het ook verschrikkelijk. Vooral voor die Martha.'
'Wie is Martha?'

Smalle Lowietje glimlachte vertederd.
'Een lief ding. Een jaar of dertig. Een beetje stijfjes. Kraaitje is een keer met haar bij mij in de zaak geweest. Sinds Sophie bij hem weg is, scharrelt hij er zo'n beetje mee.' Hij schudde grijnzend zijn hoofd. 'Je zou zeggen, niets voor Kraaitje. Maar hij schijnt gek op haar. Ze is zo'n zedig typetje... zo'n vrouwtje van de zwarte kousenkerk... praat alleen maar over God, liefde en eeuwige gerechtigheid.'
De Cock keek met grote ogen naar hem op.
'Gerechtigheid.' Hij proefde het woord op zijn tong.

8

De Cock wierp zijn oude hoedje feilloos naar een uitstekende pen van de kapstok. Daarna trok hij zijn regenjas uit en slenterde traag naar zijn bureau.
Vledder keek naar de grote klok in de recherchekamer. Het was al bijna kwart over acht. Hij ging tegenover De Cock zitten en boog zich iets naar voren. 'Mag ik je er even aan helpen herinneren, dat we nog niet gegeten hebben.' In zijn stem klonk een licht verwijt. De Cock knikte wat afwezig.
'Kijk beneden in de kantine of een van de jongens bereid is om een uitsmijter voor ons te bakken. Anders doe je het zelf.'
'Wil je nog niet naar huis?'
'Nee.'
Vledder schudde vertwijfeld zijn hoofd.
'Het was gisteren ook al laat in de nacht. Ik verlang naar mijn bed.'
De Cock negeerde de opmerking.
'Bel eens met de recherche in Utrecht,' sprak hij kalm. 'Misschien, dat zij er achter kunnen komen waar Franciscus van der Kraay ergens uithangt. Ik denk, dat hij zich daar in Utrecht veiliger zal voelen dan hier in Amsterdam.' Hij zweeg even en wreef zich achter in zijn nek. 'En ik heb ook belangstelling voor die Martha. Maar dat zal wel moeilijker worden.'
Vledder leunde achterover in zijn stoel.
'Het begint er voor Kraaitje toch wel bedenkelijk uit te zien. Het kan best zijn,' sprak hij wat spottend, 'dat jij en Lowietje wat sentimentele gevoelens voor die man koesteren... voor mij is hij een ideale verdachte.' Hij maakte een breed armgebaar. 'Denk eens aan zijn bedreigingen. Je hebt het van Lowietje gehoord; zelfs de jongens van de penoze denken dat hij het heeft geflikt.'
'Als alle uitgesproken bedreigingen ook daadwerkelijk in moorden werden omgezet, dan kwam jij zelfs niet meer aan een uitsmijter toe,' sprak De Cock, waarop Vledder fel reageerde:
'Mr. Van Abbenes is dood... begrijp je... vermoord... het is niet bij een simpele bedreiging gebleven.' Hij keek op en veranderde van toon. 'Bovendien houd jij er ook ernstig rekening mee dat die Van der Kraay het heeft gedaan.'
De grijze speurder keek verrast op. 'Hoe kom je daar bij?'

De jonge rechercheur snoof.
'Ik ken je toch, De Cock. Hoe lang trek ik al met je op? Ik heb toch gezien hoe je reageerde op het moment dat Smalle Lowietje het woord 'gerechtigheid' uitsprak.'
De oude rechercheur liet zijn hoofd wat zakken.
'Je hebt gelijk, Dick,' sprak hij timide. 'Toen Lowietje over die Martha sprak, dacht ik onmiddellijk aan de vrouw die kort na de moord op Mr. Van Abbenes onze commissaris Buitendam belde.'
Vledder citeerde met een strak gezicht.
'Niet wegens uwe gerechtigheid... maar de mijne.'

De Cock legde zijn mes en vork neer en keek bewonderend op. 'Heb jij die uitsmijter zelf gebakken?'
Vledder knikte.
'Er was niemand in de kantine.'
'Prima.'
De jonge rechercheur stond op, schoof de bordjes op elkaar en veegde met de rug van zijn hand langs zijn mond. 'Dat is ook het enige gerecht,' lachte hij, 'dat bij mij nooit mislukt.'
Er werd geklopt. Zacht, bedeesd. Vledder zette de vuile bordjes en het bestek haastig achter een stapel mappen en riep: 'Binnen'. Er gebeurde niets. De beide rechercheurs staarden naar de deur van de recherchekamer. Het licht in de lange gang brandde. Op het geribde glas van de deur bewoog het silhouet van een figuur in een cape met capuchon. Het was een beminnelijk beeld. Het herinnerde De Cock aan zijn jeugd... een afbeelding van Roodkapje uit een prentenboek.
Vledder riep opnieuw: 'Binnen'. Luider nu.
De deur ging langzaam open en in de deuropening verscheen een jonge vrouw. De Cock keek haar testend aan. Hij schatte haar op achter in de twintig. Mogelijk iets ouder. Ze was mooi, stelde hij vast, heel mooi. Niet iel, broos, fragiel, maar lang, slank en weerbaar. Een vrouwentype, dat hem bekoorde. Ze wierp de capuchon naar achteren. Lang blond haar viel golvend op haar blauw-paarse wollen cape. Ze haakte hem los en zwaaide het kledingstuk zwierig van haar schouders. Een tapijt van kleine regendruppels kleurde de vloer.
Vledder schoot toe en nam de cape van haar over. Ze keek hem even aan, schonk hem als dank een flauwe, wat matte glimlach en wiegde

daarna in de richting van De Cock. De grijze speurder kwam opmerkelijk lenig overeind. Hij maakte voor haar een lichte buiging en bood haar hoffelijk een stoel naast zijn bureau.
'Gaat u zitten,' sprak hij vriendelijk.
'Dank u zeer.'
Haar stem had een zacht, donker timbre. Ze nam plaats, legde haar handtasje op de rand van het bureau en sloeg haar fraai gevormde benen over elkaar. De registrerende blik van De Cock gleed over haar knieën naar beneden. Haar maillot was dik, zwart en wollig. Ook de schoenen die ze droeg, waren niet modieus, maar sportief en stevig.
De grijze speurder liet zich in zijn stoel achter zijn bureau zakken.
'Mijn naam is De Cock,' sprak hij beminnelijk. 'De Cock, met ceeooceekaa.' Hij wuifde naar zijn jonge collega, die de cape had weggehangen en naderbij kwam. 'En dat is rechercheur Vledder.' Rond zijn mond dartelde een milde glimlach. 'Waarmee zouden wij u van dienst kunnen zijn?'
Haar gezicht kreeg een peinzende uitdrukking. Ze zocht kennelijk naar een opening voor het gesprek. 'Misschien is het beter,' sprak ze zacht, terughoudend, 'dat ik mij eerst even aan u voorstel. Ik ben Marianne... Marianne van Hoogwoud... zuster van Casper en Marcel.'
De Cock kwam weer overeind. 'Dan condoleer ik u met het smartelijk verlies van uw broer,' sprak hij plechtig.
Marianne van Hoogwoud drukte de haar toegestoken hand.
'Dank u.'
De grijze speurder ging zuchtend zitten.
'Die AIDS,' sprak hij droevig, 'is een verschrikkelijke ziekte.'
Marianne van Hoogwoud knikte voor zich uit.
'En men weet er nog zo weinig van,' sprak ze wat opstandig. 'Men neemt aan dat het virussen zijn... virussen, die in het lichaam juist die organen aantasten, die afweerstoffen produceren, zoals de lever en de lymfklieren. Daardoor gaat de immuniteit verloren. Ordinaire virussen en bacteriën, die normaal direct door afweerstoffen in het lichaam worden aangevallen en vernietigd, krijgen nu de kans zich te vermenigvuldigen. AIDS-patiënten sterven aan ziekten waartegen andere mensen voldoende weerstand bezitten om die te bestrijden.' Haar gezicht vergleed in een wrange grijns. 'Het heeft wel iets weg van varkenspest.'

De Cock keek haar getroffen aan.
'Varkenspest?' herhaalde hij.
Marianne van Hoogwoud knikte heftig. Het was alsof iets haar opwond. Er kwamen rode vlekken in haar hals. Na een kort zwijgen zei ze: 'Ik... eh, ik moet u een bekentenis doen.' Haar lippen trilden en haar stem klonk onvast.
'Ik heb ook spijt.'
'Waarvan?'
Ze frunnikte nerveus aan de kraag van haar blouse.
'Toen Casper mij die nacht opbelde en zei dat Marcel aan zijn AIDS was gestorven, gaf... eh, gaf mij dat niet alleen verdriet, maar maakte mij ook woedend en opstandig. Ik had er moeite mee. Ik... eh, ik kon Marcels dood gevoelsmatig niet goed verwerken. Ik vond, dat iedereen... de gehele medische wereld... schuld had aan zijn dood.' Ze keek naar De Cock. 'In deze moderne tijd zou toch geen plaats meer moeten zijn voor een dergelijke ziekte?' De grijze speurder antwoordde niet. Hij liet zijn blik secondenlang op haar rusten. Zijn breed gezicht had geen expressie.
'Uw bekentenis?' Het klonk zacht, dringend.
Marianne van Hoogwoud liet haar hoofd iets zakken.
'Ik heb u die nacht gebeld en gezegd, dat Marcel was vermoord.'
'Dat was u?'
'Ja.'
De Cock wuifde in haar richting.
'Maar u meende dat niet werkelijk... ik bedoel, geen moord in juridische zin?'
Marianne van Hoogwoud schudde haar hoofd.
'Het was een opwelling... een daad van pure machteloosheid. Ik vond op dat moment echt dat Marcel was vermoord.' Ze stak haar beide handen omhoog. 'Maar niet door een enkel individu, die men daarvoor in persoon aansprakelijk kan stellen... maar door een falende maatschappij, die de gezondheid van de mens nog steeds niet centraal stelt.'
De Cock beluisterde de zinsbouw, de toon waarop ze haar woorden uitsprak. 'Noemde u daarom uw naam niet?' Hij liet zijn pink over de rug van zijn neus glijden. 'Als individu?'
Marianne van Hoogwoud zuchtte diep.
'U moet mij dat niet kwalijk nemen. Op het moment dat ik met een van u aansluiting kreeg, besefte ik, dat ik met de verkeerde instantie

sprak. De politie had met de dood van Marcel niets van doen. Ik realiseerde mij, dat mijn reactie kinderlijk was... ondoordacht. Ik kreeg ook spijt. Om u niet op dwaalwegen te brengen, besloot ik naar u toe te komen en mij bekend te maken.'
'Moedig.'
Om haar lippen gleed een trieste glimlach.
'Een mens moet de consequenties van zijn daden durven aanvaarden.'
De Cock knikte instemmend.
'Heeft uw... eh, uw autoritaire vader bij uw besluitvorming meegeholpen?'
'Vader vond ook, dat ik het doen moest. Vader is door de dood van Marcel diep getroffen. Marcel was zijn oogappel. Hij heeft altijd gehoopt dat Marcel het verder zou brengen dan greenkeeper bij een golfclub.'
De Cock maakte een onzeker gebaartje.
'Casper vertelde mij, dat uw vader een greenkeeper was. Omdat ik niet wist wat dat inhield, heb ik mij daarover laten voorlichten. Als ik het goed heb begrepen, dan is een greenkeeper de man, die voor een club de golfbanen verzorgt... in het bijzonder de putting-greens... stukjes uiterst fraai grasland met een holletje.'
Marianne van Hoogwoud glimlachte.
'Een wat simpele uiteenzetting. Vader heeft daarbij nog tal van andere bezigheden.'
'Al met al toch een eerzaam beroep.' Marianne van Hoogwoud knikte instemmend. 'We hebben ook altijd heel plezierig op het terrein van Amstelland gewoond. Vader staat bij het bestuur en de leden van de club hoog in aanzien. Terecht, naar ik meen.' Ze pauzeerde even. 'Maar van Marcel...' ging ze verder, 'van Marcel had vader meer verwacht. Marcel had een goed verstand... was intelligent... maar weigerde die intelligentie op een gepaste manier te gebruiken. Hij voelde niets voor een normale baan. Hij zei altijd dat hij snel rijk wilde worden en ging tot groot verdriet van mijn vader al jong het huis uit.'
'Hoe?'
'Wat bedoelt u?'
'Hoe wilde Marcel snel rijk worden?'
'Vrouwen hebben dat niet zo... naar mijn idee...' sprak Marianne van Hoogwoud met een trieste glimlach. 'Maar mannen zijn vrijwel altijd op zoek naar een soort blauwdruk voor rijkdom en succes.'

De Cock wreef over zijn kin en voelde dat de stoppels er al aardig doorkwamen.

'Bestaat er zo'n blauwdruk?' vroeg hij onnozel.

Marianne van Hoogwoud antwoordde niet direct. Ze legde haar beide handen in haar schoot en zocht naar een passend antwoord. 'Als ik... eh,' begon ze voorzichtig, 'de welstand zag... de manier waarop Marcel leefde... dan bekroop mij wel eens het gevoel, dat Marcel de juiste blauwdruk had gevonden.'

'Wist u wat Marcel deed?'

Marianne van Hoogwoud schudde haar hoofd. 'Ik denk,' sprak ze bedachtzaam, 'dat niemand wist wat Marcel deed.'

'Ook geen vermoeden?'

'Nee.'

'Hoe reageerde uw vader op de welstand van Marcel?'

De jonge vrouw maakte een lichte schouderbeweging. 'Soms leek het alsof hij er zelfs trots op was. Maar vader is de laatste jaren de oude niet meer. Zijn geest is nog sterk, maar lichamelijk gaat hij hard achteruit. We hebben zijn bed al in de kamer gezet. Hij kan geen trap meer op. Ik ben bang, dat door de vroege dood van Marcel zijn toestand nog zal verslechteren.' De grijze speurder knikte begrijpend. Daarna keek hij haar scherp observerend aan.

'Zou Casper... tijdens de ziekte van Marcel... de blauwdruk hebben overgenomen?'

Marianne van Hoogwoud blikte onbevreesd terug.

'Casper,' reageerde ze vinnig, 'is een kind.'

De Cock grijnsde.

'Maar voor zijn achttien jaren uiterst volwassen.'

Ze trok haar mond strak en schudde haar hoofd.

'Het is allemaal slechts spel van Casper... een pose. Zijn gedrag heeft met echte volwassenheid niets te maken. Als een oude, ervaren rechercheur zou u daar doorheen moeten zien.' Het klonk bestraffend. De Cock negeerde de opmerking. 'Op het moment, dat wij Casper arresteerden,' sprak hij geduldig, 'had hij honderd bankbiljetten van duizend gulden met tape op zijn buik geplakt. Van dat geld kennen wij nog steeds de herkomst niet.'

Marianne van Hoogwoud trok haar schouders op. 'Ik ken dat verhaal,' reageerde ze nukkig. 'Ik weet niet hoe hij aan dat geld komt.' Ze keek fel op. 'En het interesseert mij ook niet.'

De Cock liet zich in zijn stoel terugzakken. Hij begreep, dat verder

aandringen geen zin had. Marianne van Hoogwoud leek hem geen vrouw die onder een golf van vragen zou bezwijken. Hij keek haar nog eens aan, monsterde haar profiel. Zijn blik gleed van haar kin naar een fraaie broche, die ze rechts op haar blouse droeg... een brede, glimmende ronde rand, kunstig opgevuld met ragfijn filigrainwerk in zilver. Hij plukte aan zijn onderlip.
'We hadden aanvankelijk aan onze Dr. Rusteloos wat bijzonderheden over AIDS willen vragen. Dat is niet meer nodig. U heeft ons al volledig ingelicht.' Hij keek haar bewonderend aan. 'Ik moet zeggen... u weet er echt veel van.'
Marianne van Hoogwoud gebaarde achteloos.
'Niet zo verwonderlijk als men een broer heeft die aan die ziekte lijdt. Bovendien ontmoet ik AIDS dagelijks in mijn werk.'
'Uw werk?'
'Ik ben verpleegster in het Mattheus-ziekenhuis.'
De Cock kneep zijn wenkbrauwen iets samen.
'Bij Dr. Hardinxveld?'
Er kwam een waakzame blik in haar ogen.
'Kent u hem?'
De Cock schudde zijn hoofd.
'Nee... ik ken hem niet. Maar ik heb zijn naam wel eens horen noemen.'

9

De volgende morgen stapte De Cock opgewekt en gladgeschoren de grote recherchekamer in de Warmoesstraat binnen. Een gezonde nachtrust had zijn geest verkwikt en een opdoemende loomheid uit zijn botten verdreven. Aanvankelijk had hij de slaap niet kunnen vatten. Honderdduizend gulden op een jongensbuik... een dode door AIDS op een bank... een wreed vermoorde man in een portiek... een stiertje voor een steenbok... een vreemd gevormde wond... brokstukken van gesprekken... expressies, intonaties... domme dreigementen... het tolde wild en ongrijpbaar door zijn hersenen als in een dolgedraaide computer.

Even had hij geprobeerd om de contouren wat scherper te stellen, in dat alles lijn te ontdekken, verbanden, maar na een hopeloos halfuurtje had hij het opgegeven... alles uit zijn gedachten gedrukt en was weggedommeld in het ritme van het melodisch gesnurk van zijn vrouw naast hem.

Hij wierp zijn oude hoedje naar de kapstok en miste de haak op een halve meter. Lachend om zijn mislukking raapte hij zijn hoofddeksel van de vloer, hing het ordentelijk op en liep naar Vledder. De jonge rechercheur zat achter zijn schrijfmachine en typte als een razende aan een rapport. Toen hij De Cock in het oog kreeg, liet hij zijn vingers rusten, griste een notitie van zijn bureau en stond op.

'Ik heb het adres van Martha.'

De grijze speurder vroeg verrast, 'Hoe kom je daaraan?'

'Van de recherche in Utrecht.'

'Had jij gebeld?'

Vledder schudde zijn hoofd. 'Daar was ik nog niet toe gekomen. Ze belden op eigen initiatief.'

De Cock fronste zijn wenkbrauwen.

'Hoe wisten ze in Utrecht,' vroeg hij verbaasd, 'dat wij belangstelling voor haar hadden?'

Vledder lachte schaapachtig.

'Dat wisten ze ook niet. Gisteravond meldde zich daar bij de recherche een vrouw.' De jonge rechercheur raadpleegde zijn notities. 'Ene Martha Maria Hooglied. Ze zei, dat haar geloof in God het niet toeliet om bepaalde zaken nog langer verborgen te houden. Ze wilde haar geweten ontlasten en zei bereid te zijn om iets te vertellen over

de moord op de advocaat, Mr. Van Abbenes, in Amsterdam.'
'En?'
'Wat bedoel je?'
'Hebben ze een verklaring van haar opgenomen?'
'Nee.'
'Waarom niet?'
Vledder gebaarde verontschuldigend.
'Ze hebben het geprobeerd. Voortdurend. Maar ze wilde alleen met jou praten... rechercheur De Cock van het bureau Warmoesstraat.' De grijze speurder trok een denkrimpel in zijn voorhoofd. 'Ze zei... De Cock?' Vledder knikte nadrukkelijk. 'Dat zei ze. Iemand moet haar die naam hebben ingefluisterd.' De jonge rechercheur zweeg even. 'Die luitjes in Utrecht hebben gisteravond laat nog geprobeerd om ons te bereiken, maar we waren al naar huis. En jij moet als een blok hebben geslapen. De telefoon werd niet opgenomen.'
De Cock grijnsde.
'Ik heb echt niets gehoord.'
Vledder glimlachte.
'Ik heb begrepen dat die Martha de recherche in Utrecht aardig in de problemen heeft geholpen. Toen ze jou niet te pakken konden krijgen, wisten ze niet goed wat ze met haar moesten doen. Ze hebben nog naar een modus gezocht om haar voor je vast te houden, maar konden niets vinden om haar ten laste te leggen. Uiteindelijk hebben ze haar maar laten gaan. Uiteraard nadat men haar adres had geverifieerd. En dat adres belden ze mij vanmorgen door.'
'Waar is het?'
Vledder bekeek zijn notities.
'Utrecht... Cleopatradreef.'
De grijze speurder draaide zich om en liep terug naar de kapstok. Vledder kwam hem na. 'Waar ga je heen?' De Cock schoof zijn hoedje weer op zijn hoofd. 'Naar Utrecht... of geloof jij niet zo sterk in het geweten van Martha?'

De Cock keek de vrouw in de deuropening voor hem onderzoekend aan. Smalle Lowietje, vond hij, had gelijk. Ze was inderdaad een zedig typetje. Geheel in het zwart met een hooggesloten blouse en een iets te lange rok, zag ze er wat stijfjes uit. Vanuit een scheiding in het midden hingen haar donkerblonde haren los langs haar hoofd. Haar Madonna-gezichtje met grote lichtbruine ogen had een lieve

uitstraling. De oude rechercheur hield zijn hoofd iets schuin.
'Martha Maria Hooglied?'
Ze blikte wat onzeker terug.
'Ja, zo heet ik.'
De grijze speurder glimlachte.
'Mijn naam is De Cock... met ceeooceekaa.' Hij duimde over zijn schouder. 'En dat is mijn collega Vledder. Wij komen uit Amsterdam. De recherche hier in Utrecht heeft ons gebeld. U zou bereid zijn om mij iets te vertellen over de moord op de advocaat Van Abbenes.'
Ze stapte opzij en gebaarde uitnodigend. 'Komt u binnen.'
De Cock aarzelde even.
'Bent u alleen?'
Ze keek hem met haar grote bruine ogen vragend aan.
'Wie dacht u bij mij te vinden?' Het klonk uitdagend.
'Franciscus van der Kraay.'
Ze schudde haar hoofd.
'Frans en ik zijn niet getrouwd,' sprak ze streng, terechtwijzend. 'En ik vraag mij oprecht af of het ooit zover zal komen.'
De Cock plooide zijn gezicht in verwondering.
'Is er een eind aan de verhouding gekomen?'
De lichtbruine ogen vonkten vuur.
'Er is nooit sprake geweest van een ver-hou-ding,' reageerde ze fel. 'Frans en ik zijn vrienden... met... eh, met de beperkingen, die naar *mijn* gevoel, daarbij horen.'
De Cock knikte. 'De slaapkamer is taboe,' sprak hij begrijpend.
'Inderdaad.'
De grijze speurder liep aan haar voorbij. Het pinnige openingsduel beviel hem feitelijk niet. Hij begon het liefst hoffelijk, vriendelijk, welwillend. Maar in de gegeven situatie had hij het noodzakelijk geacht eerst enig idee te krijgen van de relatie tussen deze vrouw en de man, die hij om zijn primitief karakter wel tot een impulsieve moord in staat achtte. Al mijmerend stak hij zijn onderlip naar voren. Maar, zo vroeg hij zich af, was de moord op de advocaat Van Abbenes wel de daad van een primitieve, impulsieve man?
Martha had de buitendeur achter de beide rechercheurs gesloten en ging hen voor naar een gezellig ingerichte woonkamer met een bescheiden zitje in rotan en een teveel aan peuterige kastjes, waarop een grote variatie aan beeldjes in wit keramiek.

De Cock liet zich in een rotan-fauteuiltje zakken en keek naar de vrouw, die schuin tegenover hem was gaan zitten.
'Hooglied,' opende hij, 'een mooie naam voor een gelovige vrouw.'
Martha knikte instemmend. 'Koning Salomo heeft in het Hooglied mooie dingen over de vrouw gezegd.'
De Cock glimlachte.
'Koning Salomo was een kenner.' Hij keek even vragend naar haar op. 'En Frans?'
Martha Hooglied reageerde koel.
'Hoe bedoelt u?' vroeg ze plotseling ijzig. 'Als bijbel-kenner... of als kenner van vrouwen?'
De Cock zweeg. Het viel hem moeilijk om ten opzichte van deze vrouw een strategie te bepalen. Om wat tijd te winnen, wreef hij zich achter in zijn nek. 'Ik... eh, ik ken Franciscus van der Kraay van vroeger... beroepshalve... een krachtmens vol ongecontroleerde dadendrang. Zijn kennis van Gods Woord beperkte zich tot een reeks kernachtige verwensingen, die men per se in strijd kan noemen met de bijbelse opgave, dat men de naam des Heren niet 'ijdel' zal gebruiken.'
Om haar mond gleed een glimlach.
'Zijn kennis van vrouwen,' sprak ze fijntjes, 'valt daarmee te vergelijken.'
De oude rechercheur blikte naar Vledder. Hij hoopte dat zijn jonge collega het verhoor van hem zou overnemen. Maar Vledder leunde behaaglijk achterover in zijn fauteuiltje en reageerde niet. De Cock plukte aan zijn neus.
'Hoe hebt u Frans leren kennen?'
'Op een oor-avond.'
De Cock trok zijn wenkbrauwen iets op. 'Een oor-avond?' herhaalde hij vol onbegrip. Martha Hooglied knikte. 'Met een paar mannen en vrouwen van de kerk houden wij tweemaal in de week in de pastorie een zogenaamde oor-avond.' Haar gebaren werden iets levendiger. 'Er zijn in de wereld zoveel sprekers en spreeksters... en maar zo weinig mensen die bereid zijn om te luisteren. Het liefst zijn wij zelf aan het woord. Daarom lenen wij niet graag ons oor aan een ander.'
De Cock knikte.
'Vandaar die 'oor'-avonden.'
Martha vouwde haar handen in haar schoot. 'De avonden worden altijd druk bezocht. Er zijn om ons heen vaak meer mensen in nood,

dan wij vermoeden.' Ze zweeg even en veranderde toen van toon. 'Op een avond was ik het oor voor Frans van der Kraay.'
De Cock keek haar schuins aan.
'Hij was in nood?' Martha knikte nauwelijks merkbaar. 'Dat kunt u wel zeggen. Hij vertelde dat zijn vrouw hem ontrouw was geworden en dat de advocaat die de echtscheiding zou afwikkelen, hem had bedrogen.' Ze keek met een ernstig gezicht naar de grijze speurder op. 'Ik heb,' sprak ze op trieste toon, 'in mijn hele leven nog nooit een mens ontmoet, die in potentie zoveel haat bij zich droeg als Frans.'
'Jegens die Mr. Van Abbenes?'
Ze bracht haar beide handen voor haar gezicht.
'Het was verschrikkelijk. Frans voelde zich door die advocaat diep vernederd en bedrogen. Van vrouwen, zei hij, kon men verwachten dat ze op een keer ontrouw werden. Dat was, zo noemde Frans dat, 'ingebakken'. Maar een advocaat... een advocaat diende het recht... en met recht knoeide men niet.'
De Cock grijnsde breed.
'Een wijd verbreid misverstand.' Het klonk uitermate cynisch. Hij boog zich iets naar haar toe. 'Sprak Frans ook bedreigingen uit?'
Martha Hooglied zuchtte diep.
'Ik heb die avond vele malen vurig gebeden, dat Frans die advocaat nooit meer zou ontmoeten... althans de eerste jaren niet.'
'U vreesde de gevolgen?'
'Zeker. Frans verkeerde in een uiterst gevaarlijke, labiele toestand van geestelijke verwarring. Zijn intense haat jegens die man kon zich elk moment ontladen.'
'U had hem een psychiater moeten aanraden.'
'Dat heb ik gedaan,' knikte Martha Hooglied heftig. 'Maar Frans wilde daar niets van horen. Toen ik bleef aandringen, werd hij kwaad. Wat denk je, zei hij. Ik ben niet gek.'
De Cock trok zijn gezicht in een vriendelijke plooi.
'Dat gewillig luisterend oor van u bracht u wel in de problemen.'
Ze schonk hem een moede glimlach.
'Dat was het risico... een risico, waarvan ik mij reeds bewust was op het moment dat ik besloot om aan de oor-avonden van de kerk mee te doen.'
De Cock gebaarde in haar richting.
'Uiteindelijk heeft u zich over hem... eh, ontfermd?'
Martha Hooglied aarzelde even.

'Ja,' knikte ze instemmend, 'zo mag u het wel noemen. Ik was bezorgd, bezield met medelijden... zo'n grote sterke man en toch zo kwetsbaar. Ik heb een afspraak met hem gemaakt voor de volgende dag. Samen zijn we naar Amsterdam gereisd. Dat wilde Frans. Ik heb het buurtje gezien, waarin hij was opgegroeid. En dat verklaarde veel. Temidden van dat Sodom en Gomorra.'
De Cock slikte even. Hij had een scherpe terechtwijzing op zijn tong, maar bedwong zich bijtijds. 'Ik neem aan,' sprak hij voorzichtig formulerend, 'dat u die dag voortdurend hebt geprobeerd om Frans tot... eh, tot nobeler gedachten te brengen?'
Er kwam duidelijk kleur op haar wangen.
'Natuurlijk heb ik dat geprobeerd,' sprak ze emotioneel. 'Misschien wel tot vervelens toe. Men laat iemand toch geen moordenaar worden.' Die laatste opmerking trof De Cock. Hij laste een pauze in. Onderwijl hield hij haar scherp in het oog, lette op elke beweging... elke expressie van haar gelaat.
'Mr. Van Abbenes is dood,' sprak hij hard, indringend.
'Vermoord.'
Martha Hooglied liet haar hoofd zakken. Het donkerblonde haar viel als een gordijn voor haar gezicht.
'Ik weet het...' sprak ze snikkend. 'Ik weet het... neergeslagen met een golfclub.'

10

In een lichte verwarring keek De Cock van Martha naar Vledder en weer terug. 'Een golfclub?' Het lukte hem niet om de spanning volledig uit zijn stem te bannen. 'Zei je... een golfclub?'
Martha Hooglied keek met een betraand gezicht naar hem op en knikte.
'Daarmee zou hij het doen.'
'Frans van der Kraay.'
Ze knikte opnieuw.
'Hij heeft het mij verteld... precies... wat hij had uitgedacht.' Haar ogen vulden zich weer met tranen. 'En nu heeft hij het gedaan ook.'
De Cock keek haar onderzoekend aan.
'Dat weet je zeker?'
Met de rug van haar hand veegde ze de tranen uit haar ogen. 'Ik las het in de krant... gisteren... Mr. van Abbenes, bekend advocaat, vermoord gevonden in het portiek van zijn kantoor.'
'Toen wist je, dat Frans van der Kraay werkelijk had toegeslagen,' sprak De Cock.
Martha Hooglied stond op, liep naar een van de peuterige kastjes en pakte daaruit een zakdoek. 'Het had nooit zover mogen komen,' sprak ze zacht. 'Het is feitelijk mijn schuld.' Ze ging weer in haar fauteuiltje zitten. 'Ik had hem er beter van moeten overtuigen, dat de wraak der mensen zondig is... dat God de onrechtvaardigen zelf wel zal straffen. In de bijbel staat: aan Mij komt de wrake, spreekt de Heere.'
De Cock kneep zijn lippen op elkaar.
'Misschien wilde Frans daar niet op wachten,' zei hij toen.
Ze keek hem niet begrijpend aan.
'Waarop niet?'
'De wraak van de Heere.'
Ze veegde met het zakdoekje over haar gezicht. Haar mond trok strak. 'U mag met het geloof niet spotten,' sprak ze berispend.
De Cock schudde zijn hoofd. 'Dat doe ik ook niet,' reageerde hij kalm. 'Maar voor ongeduldige mensen laat de Hemelse Gerechtigheid wel eens wat lang op zich wachten.'
Martha Hooglied toonde zich weer strijdvaardig. Er vonkte opnieuw wat vuur in haar ogen. 'Gezien in het licht van de eeuwigheid...' De

Cock wuifde haar woorden weg. Hij had spijt van zijn opmerkingen. Het lag geenszins in zijn bedoeling om een godsdienstige discussie uit te lokken. Daarvoor was hij niet naar Utrecht getogen. Hij spreidde zijn beide handen.
'Hoe luidde het plan van Frans?'
Ze dacht na.
'Hij zou,' begon ze voorzichtig, 'die Mr. Van Abbenes onder een of ander voorwendsel, 's avonds, na de gebruikelijke werkuren, naar zijn kantoor lokken. Daar zou hij hem opwachten en hem met een golfclub neerslaan.'
'Waarom met een golfclub?'
Er gleed een droeve grijns om haar lippen.
'Die golfclub vond Frans een schitterend idee. Hij was er gewoon trots op.'
De Cock trok rimpels in zijn voorhoofd.
'Trots... waarom?'
Ze stopte haar zakdoekje in de mouw van haar blouse en trok haar rug recht. 'Frans wist,' zo ging ze verder, 'dat Mr. Van Abbenes een verwoed golfspeler was en veel tijd bij zijn golfclub doorbracht... met vrienden.' Ze zweeg even. 'Volgens Frans was golf een spel voor rijke mensen... die hadden er het geld voor. Die mensen hadden ook de beschikking over het materiaal dat bij het spel hoorde.'
'Zoals golfclubs.'
Martha Hooglied knikte heftig.
'Die dingen vind je niet bij gewone mensen. Daarom... als de politie zou ontdekken dat Mr. Van Abbenes met een echte golfclub was vermoord... zouden ze nooit aan Frans denken als dader.'
De Cock kneep zijn ogen half dicht. Frans kennende... was het een uiterst sluw plan. Hij beet zich peinzend op zijn onderlip. 'Hoe kwam Frans aan dat moordwapen?'
'Gewoon..., gekocht in een sportzaak.'
'Heeft hij dat ding aan u laten zien?'
Martha Hooglied schudde haar hoofd.
'Hij had die golfclub thuis, in zijn woning. En daar ben ik om principiële redenen nooit geweest.'
De Cock boog zich vertrouwelijk naar voren.
'Als ik het goed heb begrepen,' sprak hij nadenkend, 'bent u gisteravond pas naar de politie gegaan... nadat u in de krant had gelezen dat de advocaat Van Abbenes was vermoord?'

Haar blik dwaalde weg.
'Niet onmiddellijk... ik heb eerst met mijzelf een hevige strijd gevoerd... of ik het wel doen zou.'
De Cock veinsde verbazing.
'U wilde een moordenaar vrijuit laten gaan?'
Martha Hooglied knikte traag.
'Ik heb de consequenties van die oor-avonden overdacht. Frans had duidelijk de behoefte om met iemand over zijn moordplannen te spreken. Feitelijk fungeerde ik die avond als... eh, als zijn biechtvader.'
De grijze speurder hield zijn hoofd iets scheef.
'U... eh, u dacht aan het biechtgeheim?'
'Inderdaad. Dat speelde door mijn hoofd. De mededelingen werden mij toch vertrouwelijk gedaan.'
De Cock reageerde niet direct. Hij leunde wat achterover. Peinzend keek hij naar het serene gezichtje voor zich en opnieuw bekroop hem het gevoel dat hij haar verkeerd benaderde.
'Toen Frans van der Kraay u van zijn plannen had verteld... heeft u toen Mr. Van Abbenes gewaarschuwd?'
Ze keek hem met grote verschrikte ogen aan.
'Dat heb ik niet gedaan.'
De Cock kwam uit zijn fauteuil overeind. Vanuit de hoogte keek hij op haar neer. 'Waarom niet?' vroeg hij gewild vriendelijk. 'U wist toch, dat zijn leven gevaar liep. Misschien had u een moord kunnen voorkomen.'
Martha Hooglied kromp in elkaar. Haar lichaam schokte.
'Ik heb nooit gedacht,' snikte ze, 'dat Frans het echt zou doen.'

Vledder stuurde de politie-Volkswagen uit de Utrechtse Cleopatradreef en volgde de verkeersborden richting Amsterdam. Zijn gezicht stond strak, bijna nors.
Het begon te regenen. Slierten van elkaar opduwende regendruppels gleden schuin over de voorruit. Toen de jonge rechercheur de ruitewissers aanzette, liet De Cock zich onderuitzakken en schoof zijn oude hoedje ver naar voren. Hij had een hekel aan die traag zwiepende wissers. Ze bezaten voor hem de magische kracht om hem zachtjes in een hypnotische slaap te sussen.
Een tijdlang reden de rechercheurs zwijgend voort. Het indringende relaas van Martha Hooglied over haar kortstondige relatie met Fran-

ciscus van der Kraay had diepe indruk op hen gemaakt. Kraaitje, zo hadden zij begrepen, had zijn bloeiende zaak in Utrecht verlaten en was weg. Onvindbaar. Ook het contact met de bezorgde Martha had hij verbroken. Hij leek op de vlucht. Verborgen onder zijn hoedje trok De Cock rimpels in zijn voorhoofd. Die vlucht, bepeinsde hij... een bewijs van schuld? Hij drukte zich wat omhoog.
'Kan het?' vroeg hij.
Vledder keek hem van terzijde aan.
'Wat?'
'Een golfclub?'
De jonge rechercheur tuitte zijn lippen.
'Ik meen van wel,' sprak hij bedachtzaam. 'Ik speel geen golf. Ik weet niet precies hoe het uiteinde van zo'n golfclub er uitziet. Maar de wond had een karakteristieke vorm. Uitzonderlijk. Het zou best kunnen dat hij met een golfclub werd toegebracht. Ik denk zelfs, dat er mogelijkheden zijn om dat te bewijzen.'
De Cock dacht even na voor hij reageerde. 'Hebben we de foto's al, die Bram van Wielingen in het sectielokaal van de wond heeft gemaakt?'
'Ze liggen in jouw la.'
'Heb je ze bekeken?'
'Met een half oog.'
'We zouden ze op ware grootte kunnen laten afdrukken met, ter vergelijking, daarnaast een foto op ware grootte van het uiteinde van een golfclub.'
Vledder knikte instemmend.
'Zo zou het moeten.'
'Vroeger lieten wij in dergelijke gevallen wel de schedel prepareren... als bewijsvoering bij de rechtbank. Maar dat gaf vaak moeilijkheden met de nabestaanden.'
Vledder grijnsde. 'Dan zouden we Van Abbenes zonder kop moeten begraven.'
Er viel opnieuw een stilte. Ze waren de afslag naar het snel groeiende Maarssen al gepasseerd. De regen nam in hevigheid toe en Vledder schakelde de ruitewissers in de versnelling.
De Cock liet het emotionele gesprek, dat hij met Martha Hooglied had gevoerd, nog eens de revue passeren. In strijd met alles wat hij wist, hoopte hij vurig dat Franciscus van der Kraay de moord op Mr. Van Abbenes niet had gepleegd. Het zou, zo overdacht hij, ook

strafrechtelijke gevolgen hebben voor de jonge vrouw, die, zo liet het zich aanzien, toch louter uit naastenliefde had gehandeld. Maar ze had niet alleen gehandeld... ze had ook nagelaten. En daarin was de Wet onverbiddelijk. In artikel 136 stond duidelijk, dat Martha, kennisdragende van een voorgenomen moordaanslag, het toekomstige slachtoffer of de politie had moeten waarschuwen. Nu de moord werkelijk was gevolgd, had ze zich schuldig gemaakt aan een zogenaamd 'omissie'-delict.

De Cock schudde zijn hoofd en zuchtte. 'Als het wapen echt een golfclub is geweest... gevoegd bij het verhaal van Martha Hooglied... krijgt Kraaitje toch een zware dobber.' In zijn stem trilde bezorgdheid. Vledder reageerde plotseling ongewoon fel.

'Ik word er ziek van, geloof je?'

De Cock keek verbaasd naar hem op.

'Waarvan?'

De jonge rechercheur liet het stuur van de Volkswagen even los en zwaaide met beide armen. 'Dat gezemel van die Martha... van jou en Lowietje.'

De Cock trok een bedenkelijk gezicht.

'Wat voor gezemel?' vroeg hij niet begrijpend.

Vledder schudde zijn hoofd.

'Ik voel geen medelijden... nog voor geen stuiver.'

'Met wie?'

De jonge rechercheur zwaaide opnieuw.

'Met die Van der Kraay. In mijn ogen is hij niet meer dan een ordinaire moordenaar. Een vent, die gedreven door wraak, heel rustig en kalm een sluwe moord uitdenkt... en uitvoert. Dat sentimentele gedoe van jullie stuit mij tegen mijn borst. En als het aan mij lag, dan waren wij in Utrecht al naar het politiebureau gestapt en hadden vandaar per telex zijn opsporing, aanhouding en voorgeleiding verzocht.' Hij blikte opzij. Zijn gezicht zag rood. 'Terzake moord, begrijp je.'

De Cock liet de toorn van zijn jonge collega gelaten over zich heengaan. 'Jij hebt Kraaitje nooit meegemaakt,' verweerde hij zwak. 'Maar ik ken hem. Ik heb vroeger veel contact met hem gehad. Daarom... ik heb moeite om in hem een moordenaar te zien.'

Vledder reageerde geprikkeld.

'Ik ken hem niet.' Hij gebaarde afwerend. 'Maar de Kraaitje van vroeger is geen maatstaf. Dat is herinnering... een illusie. Van der

Kraay is geen doetje... geen sullige dommekracht, zoals jullie mij willen doen geloven.' Hij zweeg even en ademde diep. 'Denk toch eens na. Hij had de moed en de kracht om de buurt waar hij was opgegroeid en geaccepteerd, te verlaten en bleek toen in staat om in een vreemde omgeving een bloeiende zaak op te bouwen. Jullie schatten die man verkeerd in. Geloof me, die Van der Kraay is tot veel in staat.'
'Ook tot moord?'
De jonge rechercheur klemde zijn lippen even op elkaar.
'Ja... ook tot moord.'

11

Commissaris Buitendam kwam haastig uit zijn stoel overeind. Met een brede 'cheese'-smile om zijn lippen stak hij de grijze speurder een hand toe. 'Ik heb je maar even laten komen, De Cock,' sprak hij geaffecteerd. 'Ik vond het passend om je met je succes te feliciteren.'
De oude rechercheur keek hem verwonderd aan.
'Welk succes?'
Commissaris Buitendam zwaaide joviaal.
'De oplossing van de moord op Mr. Van Abbenes. Ik heb het telexbericht, waarin de opsporing, aanhouding en voorgeleiding van de moordenaar wordt verzocht, gelezen. Uiteraard heb ik onmiddellijk onze Officier van Justitie ingelicht. Mr. Schaaps toonde zich zeer verheugd.' Hij ging weer zitten. 'Ik had persoonlijk al de overtuiging dat wij de dader moesten zoeken onder de uitgebreide clientèle van Mr. Van Abbenes. En dat heeft zich bewaarheid. Van Vledder heb ik begrepen, dat die... eh, Franciscus van der Kraay niet gelukkig was met het optreden van de advocaat en uit wraak of vergelding tot zijn daad is gekomen.'
De Cock fronste zijn wenkbrauwen.
'U heeft Vledder al gesproken?'
Commissaris Buitendam knikte.
'Ik kwam hem tegen op de gang. Ik heb hem ook gecomplimenteerd met jullie succes. Ik moet zeggen, een opmerkelijke prestatie.'
De Cock veinsde onbegrip.
'U bedoelt die moord?'
Buitendam schudde lachend zijn hoofd.
'Het vinden van de dader.'
'We hebben hem nog niet.'
'Een kwestie van tijd. In ons dichtbevolkte landje komt hij vandaag of morgen wel boven water.'
De Cock knikte traag voor zich uit. 'Ik hoop... morgen.'
Commissaris Buitendam keek hem met enige argwaan aan. Hij had in de stem van de oude rechercheur een toon beluisterd, die hem niet beviel. 'Hoezo... morgen?'
De Cock grijnsde.
'Dan heb ik nog een dag de tijd om de ware moordenaar te vinden.'

Commissaris Buitendam verbleekte. 'Die... eh, die Franciscus van der Kraay is de moordenaar niet?'
De Cock wreef over zijn kin.
'Het spijt me,' sprak hij somber, 'maar naar mijn gevoel heeft Kraaitje die moord niet gepleegd.'
Buitendam grinnikte vreugdeloos.
'En dat telexbericht?'
De grijze speurder wuifde nonchalant. 'Juridisch gezien... best verantwoord.' Hij hield zijn hoofd iets scheef en spreidde zijn beide handen in een verontschuldigend gebaar. 'En soms... soms moet je als oude rechercheur wel eens iets toelaten om een enthousiaste jonge collega en zijn permanent popelende commissaris een poosje gelukkig te maken.'
Buitendam kwam overeind. Op zijn magere wangen lagen rode blosjes. Zijn neusvleugels trilden. Wild strekte hij zijn rechterhand naar de deur.
'Eruit.'
De Cock ging.

Toen De Cock in de recherchekamer terugkwam, keek Vledder hem peilend aan.
'Heb je het weer te bont gemaakt?'
'Hoe bedoel je?'
'Heeft de commissaris jou weer van zijn kamer gestuurd?'
De Cock knikte met een droevig gezicht.
'Dat doet hij steeds,' sprak hij timide. 'Die man moet zich wat meer beheersen.'
In de ogen van Vledder lag een verwijtende blik.
'En hij wilde je nog wel feliciteren met het oplossen van de moord op Mr. Van Abbenes.'
De Cock schudde zijn hoofd.
'Dat is een misvatting. Die moord is helemaal niet opgelost.'
Het gezicht van Vledder betrok.
'Begin je nu weer?' riep hij in zijn wiek geschoten. 'Ik dacht, dat wij er vanmorgen in de auto uitgebreid over hadden gesproken!' Hij stak vertwijfeld zijn beide handen omhoog. 'Je hebt er toch ook in toegestemd, dat ik dat telexbericht verzond?' De Cock schoof zijn onderlip vooruit.
'Dat is ook goed,' reageerde hij bedaard. 'We moeten toch nog eens

een babbel met onze Kraaitje maken... bijvoorbeeld... of het niet voordeliger was geweest om zijn wulpse Sophie de hersenen in te slaan.'
'Zijn ex-vrouw?'
'Precies. Als Kraaitje inderdaad geen primitief en impulsief reagerende krachtmens was... zoals Martha, Lowietje en ook ik veronderstellen... maar een sluwe, gewetenloze en tot alles in staat zijnde moordenaar, zoals jij aanneemt, waarom vermoordt hij dan de advocaat?'
'Dat is toch duidelijk... uit wraak.'
De Cock grijnsde breed.
'Wat levert 'wraak' op, financieel gezien? Niets. Een sluwe Van der Kraay had zijn moordlust veel effectiever kunnen bekoelen op zijn veeleisende ex-vrouw. Dan was hij in één slag van zijn zware alimentatie-plichten af geweest en had hij zijn bloeiende zaak in Utrecht kunnen voortzetten.'
De ogen van Vledder werden plotseling groot.
'We moeten haar waarschuwen.'
'Wie?'
'Die Sophie... zijn ex-vrouw.'
'Waarom?'
De jonge rechercheur gebaarde heftig.
'Begrijp je dat dan niet?' riep hij wanhopig. 'Zij is vrijwel zeker zijn volgende slachtoffer.'
De Cock keek hem secondenlang peinzend aan. Toen draaide hij zich abrupt om en slenterde naar de kapstok.
Vledder liep hem na.
'Waar ga je heen?'
De grijze speurder wurmde zich in zijn vale regenjas. Onderwijl gebaarde hij naar zijn bureau. 'Neem de foto's van die hoofdwond mee en bel het hoofdbureau en vraag of Bram van Wielingen met zijn kiek-apparaat naar het terrein van de golfclub Amstelland wil komen.'
'Amstelland?'
De Cock knikte. 'Ik wil wel eens zien met wat voor dingen men daar tegen zo'n balletje slaat.'

De Cock liet bewonderend zijn blik door het clubhuis dwalen. De ruimte was gezellig ingericht met centraal, dominerend, een prach-

tige bar van glanzend teakhout, omgeven door groepjes comfortabele fauteuils in zitkuilen op diverse niveaus.
Aan de wanden hingen schitterende actie-schilderijen van de beroemde Amerikaanse sportschilder René Broné.
Grote ramen gaven een panoramisch uitzicht over een zacht glooiend landschap, waarin, gestrooid met een kunstzinnige hand, donkere bosschages en boomgroepjes met wuivende kruinen tegen een strakblauwe hemel.
De Cock knoopte zijn regenjas los en liet zich in een fauteuil zakken. Vledder volgde zijn voorbeeld.
De heer De Oude, secretaris van Amstelland, een uiterst sympathieke vijftiger met een licht Fries accent, had de rechercheurs in zijn riant kantoor ontvangen. Hij ontpopte zich als een aangenaam causeur. Smakelijk, vaak overgoten met een sausje van zoet understatement, had hij hen de gebruikelijke gang van zaken bij een gerenommeerde golfclub geserveerd. Daarna had hij de rechercheurs hoffelijk naar de bar geleid, in afwachting van de komst van vader Van Hoogwoud.
Vledder frunnikte wat nerveus aan zijn stropdas. 'Die Van Hoogwoud interesseert mij niet,' sprak hij ongeduldig. 'Ik wil zo'n golfclub zien.'
De Cock maakte een afwerend gebaartje. 'Dat komt nog,' sprak hij sussend. 'Straks laten we ons wel bij de professionals brengen. Bram van Wielingen is er toch nog niet.' De grijze speurder kwam overeind. In de bar, langs een imposante schouw, strompelde een oudere man op hen toe. Hij liep traag, moeizaam, met een slepend rechterbeen. Toen hij dichterbij was, gleed een glimlach van herkenning om zijn lippen.
'De beschrijving klopt. U bent rechercheur De Cock van de Warmoesstraat. Ik heb veel over u gehoord. Het is jammer, dat u op zo'n... eh, minder prettige wijze met mijn familie in aanraking bent gekomen.'
De grijze speurder drukte de hem toegestoken hand. Daarna wuifde hij naar de fauteuil tegenover hem. 'Neemt u plaats. Ik heb het de secretaris gevraagd... nu ik toch op de club ben, wilde ik weleens kennis met u maken.'
Met stramme bewegingen en een van pijn vertrokken gezicht liet vader Van Hoogwoud zich in de fauteuil zakken.
'Ik bied u mijn verontschuldigingen aan,' begon hij onderdanig, 'voor het gedrag van mijn zoon Casper. Ik heb begrepen, dat hij zich

ten opzichte van u nogal onhebbelijk heeft opgesteld... hooghartig, zonder de minste bereidheid tot medewerking.' Hij glimlachte opnieuw. Wat triest nu. 'Als vader hoop je vurig dat je kinderen later steunpilaren van de maatschappij worden... deugdzaam en gerespecteerd.'

De Cock keek naar hem op. Van Hoogwoud, vond hij, zag er slecht uit, mager en grauw, met ingevallen wangen. Alleen de lichtblauwe ogen onder stoppelige wenkbrauwen glansden helder en waakzaam.

'U... eh, u denkt, dat u als vader niet in uw opzet bent geslaagd?'

De oude heer Van Hoogwoud trok zijn schouders op. 'Je kunt ze in 'het goede' voorgaan. Veel verder reiken je mogelijkheden niet.' Hij staarde even voor zich uit; glimlachte vertederd. 'Marianne is tot een lieve, zorgzame jonge vrouw opgegroeid. Ik heb veel steun aan haar. Met de jongens was ik minder gelukkig.' De expressie op zijn gelaat vergleed in somberheid. 'Marcel wilde al vroeg het huis uit en Casper... u hebt hem zelf ontmoet... een ingebeelde blaag.'

De Cock trok zijn gezicht strak.

'Hij verwijt u een despotisch regime.'

De oude Van Hoogwoud schudde triest zijn hoofd.

'Het is een loze kreet... een kreet van de moderne jeugd.' Het klonk bijzonder bitter. 'Ze verliezen de realiteit uit het oog en draaien de zaak om. Ik was nooit 'despotisch' geworden, zoals Casper het noemt, wanneer de jongens mij als vader hadden geëerbiedigd.' Hij spreidde zijn beide handen. '*Eert uwen vader en uwe moeder, opdat uw dagen verlengd worden in het land, dat u de Heere uw God geeft*. Het is het twaalfde gebod. Aan dat gebod hebben de jongens zich nooit gehouden. Ze hebben hun vader niet geëerd.' Er kwamen tranen in zijn ogen. 'En de dagen van Marcel waren kort.'

'Gods hand?'

Van Hoogwoud pakte een zakdoek.

'De wegen des Heeren zijn ondoorgrondelijk,' sprak hij ontwijkend.

De Cock wreef met zijn vlakke hand over zijn gezicht. Hij realiseerde zich, dat dit nu al de tweede maal was, dat hij in dit onderzoek verward dreigde te raken in een godsdienstige discussie. Het werd tijd dat hij van onderwerp veranderde.

'U hebt de heer Van Abbenes goed gekend?'

Van Hoogwoud knikte overtuigend.

'Hij kwam hier vaak... bijna iedere dag... ontmoette hier zijn vrienden.'

De grijze speurder stak zijn rechterhand met gespreide vingers omhoog en telde. 'Dr. Hardinxveld... de heer Daerthuizen...' Hij stokte.
'... en de heer Van Leemhorst.'
De Cock toonde verbazing.
'Van Leemhorst... Van Leemhorst? Die naam heb ik nog nooit horen noemen.'
Over het grauwe gelaat van de oude man gleed een glimlach. 'Zeker,' sprak hij knikkend. 'De heer Van Leemhorst is een illuster voorganger van een grote kerkelijke gemeente hier in de stad. Hij is al vele jaren lid. Ik heb zijn vader nog gekend. Ook de heer Van Leemhorst behoorde tot het klaverblad van vier. Of... zoals wij hen wel spottend noemden... het seks-kwartet.'
De Cock reageerde ontspannen.
'Seks-kwartet,' herhaalde hij lachend. 'Mengden de heren zoveel seks in hun golf?'
Vader Van Hoogwoud gebaarde voor zich uit.
'Och,' sprak hij vergoelijkend, 'u weet hoe dat gaat onder leden van een club. Een beetje roddel hoort erbij. Er wordt gefluisterd, dat de heren onder elkaar nog wel eens een feestje bouwden.'
De Cock gniffelde. 'Waarop dames niet ontbraken.'
In de lichtblauwe ogen van vader Van Hoogwoud verscheen een ondeugende twinkeling. 'Dat neem ik stellig aan. Met uiteraard één stringente uitzondering... hun eigen dames.' De Cock knikte gelaten. 'Moeder-de-vrouw-bleef-thuis.' Het klonk weinig prozaïsch.
Vader Van Hoogwoud spreidde zijn handen. Er kwam een ernstige trek op zijn gezicht. 'U moet als rechercheur uit mijn woorden geen valse conclusies trekken. Ik weet niet of het echt waar is... van die feestjes, bedoel ik.' Er kwam weer een twinkeling in zijn ogen. 'Ik ben er nooit bij uitgenodigd.'
De Cock wuifde om zich heen.
'Die feestjes werden niet hier gehouden?'
Vader Van Hoogwoud schudde heftig zijn hoofd.
'Absoluut niet.' In zijn stem trilde verontwaardiging. 'Het bestuur van Amstelland zou dat nooit toestaan. Onmogelijk.'
De Cock plukte aan het puntje van zijn neus.
'Wat hield de heren zo bij elkaar, dat men hen het klaverblad van vier noemde?'
Vader Van Hoogwoud wuifde achteloos.

'Ze waren vrienden van elkaar. Al vele jaren. Hier op de club *sloegen* zij een balletje, maar ik ben er van overtuigd, dat zij in het maatschappelijk verkeer elkaar ook wel het balletje *toewierpen*.' De grijze speurder glimlachte om de woordspeling. Hij keek de oude man in het magere gezicht. Vader Van Hoogwoud was hem niet onsympathiek. Hij peilde de onderzoekende blik in de lichtblauwe ogen en besefte, dat er in het broze lichaam van de oude man meer geestkracht schuilging, dan men oppervlakkig zou vermoeden. De omschrijving van Casper drong zich aan hem op... een ouderwetse patriarch met orthodoxe ideeën. Klopte dat?
De Cock stond op en reikte vader Van Hoogwoud een helpende hand. 'Zullen we nu naar de professionals gaan?' Hij blikte opzij. 'Ik heb de indruk... mijn jonge collega ergert zich mateloos aan ons gebabbel.'
Ze schuifelden gedrieën de bar uit. Een tiental meters van de bar verwijderd, in een kleine shop, volgepropt met golf-attributen, stelde Van Hoogwoud de rechercheurs voor aan een knappe, slanke jongeman van voor in de twintig.
'Dat is Ruud... een van onze jonge professionals. Wat hij niet van golf weet, is gewoon de moeite van het weten niet waard.'
De jongeman lachte.
'Vader Van Hoogwoud overdrijft.'
Vedder nam uit de binnenzak van zijn colbert een map met foto's en legde die aan de jongeman voor. 'Dit zijn opnamen,' verduidelijkte hij, 'van een wond, veroorzaakt door een dodelijke klap op de schedel van Mr. Van Abbenes. Wij nemen aan, dat de klap met een golfclub werd toegebracht.'
De jongeman bekeek de foto's aandachtig. Zijn wijsvinger gleed over de contouren van de wond. 'Dat,' sprak hij na enig nadenken, 'is een ijzer '7'.'
'Een ijzer '7',' herhaalde Van Hoogwoud geschokt.
De jongeman knikte bedaard. 'Vrijwel zeker.'
Van Hoogwoud ademde zwaar. 'Dr. Hardinxveld,' sprak hij.
'Wat is er met Dr. Hardinxveld?'
De oude greenkeeper keek naar De Cock op.
'IJzer '7'... dat is de golfclub, die uit zijn tas is verdwenen.'

12

Tussen een hoge bedaagde Rolls Royce en een lage vinnige Porsche door, reed Vledder de gammele politie-Volkswagen van het terrein van Amstelland en zocht zijn weg terug naar de Warmoesstraat.
De Cock zat onderuitgezakt naast hem. Hij had met volle aandacht naar de technische uiteenzetting van de jonge professional geluisterd en zijn hoofd duizelde van Engelse begrippen. Een golfclub, zo had hij begrepen, was niet zomaar een golfclub. Er waren houten van 1 tot 5 en ijzers van 2 tot 9. Dan waren er nog putters... pitching- en sandwedges. En die hadden alle weer een cap... grip... hosel... neck... heel en een clubface met aiming- en scoringlines. Hij drukte zich wat 'dizzy' omhoog.
'Dat ze aan een stok met een rondje hout of een klontje ijzer zoveel namen kunnen geven.' Het klonk heel oneerbiedig. Vledder keek hem van terzijde aan.
'Als Bram van Wielingen zijn werk goed doet,' sprak hij strak, 'dan hebben we het bewijs tegen Franciscus van der Kraay vrijwel rond.'
De oude rechercheur reageerde niet onmiddellijk. Hij ergerde zich een beetje aan de halsstarrigheid van zijn jonge collega.
'Vind je het niet merkwaardig,' vroeg hij na een poosje, 'dat uit de golftas van Dr. Hardinxveld uitgerekend een ijzer '7' is verdwenen?'
Vledder maakte een korte schouderbeweging.
'Ik heb begrepen,' sprak hij achteloos, 'dat ijzer '7' een golfclub is, die tijdens het spel veelvuldig wordt gebruikt. Een of ander lid van Amstelland zal dat ijzer '7' even hebben geleend.'
De Cock grinnikte.
'Om er een balletje mee te slaan... of om er mee op de schedel van Mr. Van Abbenes te tikken?'
Vledder wond zich zichtbaar op. Er kwamen rode plekken in zijn hals en zijn handen klemden zich zo vast om het stuur, dat de knokkels wit werden.
'Waar is het motief?' riep hij fel en geëmotioneerd. 'Had Dr. Hardinxveld een reden om naar de dood van de advocaat Van Abbenes te verlangen... of iemand anders van de club?' De jonge rechercheur knikte heftig voor zich uit. 'Franciscus van der Kraay had een motief... en een plan. Ook beschikte hij over een door hemzelf met zorg gekozen moordwapen... een ijzer '7'.'

De Cock zweeg. Hij begreep dat een verdere discussie geen zin had. Hij keek om zich heen naar het drukke verkeer. De straatverlichting floepte aan. Het begon al weer donker te worden. Hij schoof de mouw van zijn regenjas iets terug en keek op zijn horloge. De excursie naar Amstelland had langer geduurd dan hij had verwacht. Toch voelde hij zich niet ontevreden.
Hij keek naar Vledder. Het gelaat van de jonge rechercheur stond nog steeds strak, gespannen. De grijze speurder toonde zijn beminnelijkste glimlach. 'Morgen,' sprak hij vriendelijk, 'gaan we eerst naar Utrecht om de sportzaak te vinden waar Van der Kraay zijn golfclub heeft gekocht. Dat lijkt mij beter. Dan zijn we niet meer zo afhankelijk van de verklaring van Martha Hooglied.'
Vledder keek hem van terzijde aan.
'Meen je het?' In zijn stem trilde enige argwaan. De Cock knikte. Om zijn lippen danste een zoete grijns.
'We werken toch samen aan een moord... is het niet?'

Toen De Cock en Vledder de hal van het politiebureau binnenstapten, kwam Jan Kusters van achter zijn dienstboek omhoog en wenkte de rechercheurs naar de balie.
'Smalle Lowietje is hier geweest.'
De Cock reageerde verrast.
'Persoonlijk?'
Jan Kusters maakte een grimas.
'Een iel, mager mannetje met een muizesmoeltje.'
De Cock lachte.
'Dat is Lowie, ja. Wat wilde hij?'
'Jou spreken. Het was nogal dringend, zei hij.'
De Cock knikte begrijpend.
'Heeft hij verder nog iets gezegd?'
Jan Kusters schudde zijn hoofd.
'De man deed nogal schichtig en was in luttele seconden weer het bureau uit.' De Cock gniffelde.
'Smalle Lowietje is een beetje allergisch voor politieuniformen.' Hij legde vertrouwelijk zijn hand op de schouder van de wachtcommandant. 'We gaan straks wel even naar hem toe. Ik wil eerst wat eten.' Hij draaide zich naar Vledder. 'Zou... eh, zou jij voor ons weer zo'n..., zo'n ei-geval willen klaarmaken?' De jonge rechercheur knipoogde. 'Een uitsmijter à la Vleddèr.'

'Dat bedoel ik.'
Vledder beende naar de kantine en De Cock liep de trap op. Het was niet gebruikelijk, overdacht hij, dat Smalle Lowietje in persoon naar de Kit kwam. Dat deed hij niet graag. Hij meed de Warmoesstraat zo veel als doenlijk, bang om door de penoze voor een versliecheraar te worden uitgekreten.
De Cock vroeg zich af wat voor dringende zaken de caféhouder had te melden. Bij Lowietje was dat nooit te voorspellen. De Smalle had relaties in alle lagen van de onderwereld.
Op de tweede etage stapte hij de grote recherchekamer binnen en trok zijn regenjas uit. Traag slenterde hij van de kapstok naar zijn bureau. Tussen de toetsen van zijn schrijfmachine stak een roze enveloppe. In een vloeiend rond handschrift stond *'Rechercheur De Cock'*. Een verdere adressering was er niet.
De Cock bracht de enveloppe naar zijn neus en rook. De geur van het parfum kwam hem bekend voor. Met een ballpoint maakte hij de enveloppe open en nam daaruit een velletje dik roze papier.
'Geachte rechercheur,' las hij hardop,
'U bent telefonisch zo moeilijk te bereiken, dat ik dit briefje maar even aan het bureau laat bezorgen. Ik verzoek u om het hangertje, dat mijn man om zijn hals droeg, aan mij terug te bezorgen. Ik wil het als aandenken aan hem bewaren.

mevrouw Van Abbenes

PS, het stiertje is een kalf.'

Vanuit de Warmoesstraat kuierden ze op hun gemak via de Lange Niezel naar de Voorburgwal. Het was er druk. De Amsterdamse seks-machinerie draaide op volle toeren... een machtig miljoenenbedrijf van grote internationale reputatie. De Cock stootte Vledder met een elleboog in zijn zij.
'Het stiertje is een kalf.'
De jonge rechercheur keek hem onnozel aan.
'Wat zeg je?'
'Het stiertje is een kalf.'
'Welk stiertje?'
'Dat Van Abbenes om zijn hals droeg.'
'Hoe kom je daar bij?'

'Dat schrijft mevrouw Van Abbenes mij. Ze wil het hangertje dolgraag terug hebben... als een aandenken aan haar man. En ze eindigt haar briefje met een PS, het stiertje is een kalf.'
Vledder gebaarde achteloos. 'Dat maakt toch geen verschil? Een jonge stier is toch een kalf? Of heb ik dat mis?' De Cock trok zijn schouders op. 'Dat weet ik niet,' reageerde hij onzeker. 'Ik heb geen agrariërs in de familie. Ik vond het alleen vreemd. Zie je, dat 'PS' onder aan dat briefje was volkomen overbodig. Naar mijn gevoel is het een cryptisch zinnetje, waarmee ze iets wil aanduiden.'
Vledder zwaaide geïrriteerd. 'We zijn er niet voor om cryptogrammen op te lossen. Als mevrouw Van Abbenes ons iets wil laten weten, dan moet ze gewoon duidelijke taal spreken.'
De Cock knikte traag, nadenkend.
'Ik vind haar gedrag toch opvallend. Toen ik haar die morgen bezocht om haar te condoleren, acteerde ze meer als een 'Lustige Witwe', dan als een vrouw die treurt om de dood van haar man.' Hij zweeg even. 'Bovendien begrijp ik nog steeds niet precies, waarom zij juist dat gesprek memoreerde tussen Van Abbenes en Hardinxveld... met als onderwerp een Casper van Hoogwoud, die fraude zou hebben gepleegd.'
Vledder lachte onbezorgd.
'Als Van der Kraay eenmaal heeft bekend,' sprak hij luchtig, 'dan mag je dat allemaal vergeten.' De grijze speurder reageerde niet. Hij voelde er weinig voor om opnieuw met zijn jonge collega in een twistgesprek te geraken.
Op de hoek van de Achterburgwal en de Barndesteeg schoven ze het etablissement van Smalle Lowietje binnen. Toen de tengere caféhouder De Cock in het oog kreeg, kwam hij snel van achter de tapkast en liep op de grijze speurder toe. Zijn gezicht stond ernstig.
'Kraaitje,' fluisterde hij.
De Cock boog zich iets voorover.
'Wat is er met Kraaitje?'
Smalle Lowietje blikte even om zich heen.
'Hij zit bij zijn oude moeder op de gracht.'

Franciscus van der Kraay greep de rechercheur met beide handen aan de revers van zijn colbert vast. In zijn donkere ogen lag angst en wanhoop.
'Ik heb het niet gedaan, De Cock,' schreeuwde hij. 'Ik heb het niet

gedaan. Geloof me toch... ik heb het niet gedaan. Ik schrok mij het lazerus toen ik het die avond in de krant las.'
De Cock maakte de handen los en duwde Van der Kraay terug op zijn stoel. Kraaitje, vond hij, was zichtbaar ouder geworden. Het leek alsof zijn machtig torso wat dieper op zijn heupen was gezakt. Ook de lijnen in zijn gezicht waren scherper en zijn zwarte haren werden aan de slapen al grijs. Hij wreef demonstratief de kreukels uit zijn revers en ging tegenover hem zitten.
'Je had herrie met Van Abbenes.'
Van der Kraay grijnsde.
'Wat heet herrie? Die... eh, die viezerik heeft mij belazerd. Zo simpel ligt dat.'
'En Kraaitje laat zich niet belazeren.'
Franciscus van der Kraay schudde zijn hoofd. Rustig. Hij had zich weer wat in bedwang. 'De Kraaitje van nu,' sprak hij vriendelijk, geduldig, 'is niet meer de Kraaitje van toen. Ik loop niet meer als een domme stier overal wild achteraan.'
De Cock glimlachte fijntjes.
'Dat is waar,' reageerde hij gnuivend. 'De Kraaitje van nu is veel sluwer. Daarom bedacht hij een geraffineerd plan om die Van Abbenes uit de weg te ruimen. Hij kocht een golfclub.'
Van der Kraay keek hem verbaasd aan.
'Dat weet je?'
De Cock spreidde zijn armen.
'Beste kerel,' sprak hij gemoedelijk, 'we halen je toch niet bij je oude moeder vandaan, als we niet over de nodige aanwijzingen beschikken?' Hij laste gewild een kleine pauze in. 'Waar... eh, waar had je die mooie golfclub voor nodig?'
Van der Kraay wond zich weer op.
'Om die Van Abbenes zijn hersens in te slaan... dat wil je toch van mij horen?'
De Cock vouwde zijn handen.
'Ik wil de waarheid horen. Alleen de waarheid. Anders niet.'
'Ik heb het niet gedaan.'
'Dat liedje,' sprak De Cock bedaard, 'heb je vanavond al een paar maal gezongen.'
Van der Kraay sloeg met zijn handen tegen zijn voorhoofd.
'Maar het is de waarheid.'
De Cock strekte zijn rechterhand naar hem uit.

'Okee,' sprak hij berustend, 'dat is de waarheid. Dat houden we even vast. Beginnen we heel rustig opnieuw. Jij voelde je door Van Abbenes bedrogen en kocht een golfclub... waarom?'
Het leek alsof Van der Kraay zich gewonnen gaf. Zuchtend liet hij zijn hoofd zakken. Eerst na enige seconden keek hij op.
'De Cock, wil je naar mij luisteren?'
De grijze speurder spreidde zijn armen.
'Daar zit ik voor.'
Van der Kraay knikte voor zich uit.
'Het is waar,' begon hij zacht, 'ik heb echt dagenlang met het plan rondgelopen om die vent zijn hersens in te slaan.' Hij glimlachte wat triest. 'Het heeft geen zin dat te ontkennen. Ik heb het zo vaak rondgebazuind, dat ik het net zo goed in de Ster-reclame had kunnen gooien. Maar als je alles, waarvoor je jaren hebt geploeterd, zomaar van je ziet wegvallen, dan word je opstandig. Vooral wanneer je nergens schuld aan hebt. Dat wijf deugde niet... en ik moet geen wijf dat niet deugt.' Hij trok zijn schouders iets op. 'Wat doe je dan? Je zoekt een advocaat, een goeie, en zegt tegen zo'n vent, dat je wil scheiden. Dat is toch normaal? Je denkt toch vooruit niet, dat je in één klap geruïneerd zal worden? Nou, dat gebeurde wel. Ik was meteen ridder te voet, kon mijn zaak verkopen en...'
De Cock stak afwerend zijn handen op.
'De golfclub,' onderbrak hij scherp.
Franciscus van der Kraay wreef met de rug van zijn hand langs zijn droge lippen. 'Ik wist,' sprak hij loom, 'dat Van Abbenes een verwoed golfspeler was. Hij had mij dat zelf verteld. Bovendien, als je hem in zijn kantoor wilde spreken, was hij er nooit. Dan belde Charles, die tanige bediende van hem, naar de golfclub. Daar was hij altijd te vinden.'
De Cock knikte.
'Dat bracht jou,' sprak hij begrijpend, 'op de gedachte om een golfclub als wapen te gebruiken.'
Van der Kraay liet zijn hoofd weer zakken. 'Ik had op de televisie, tijdens een sportprogramma, een paar mannen eens met zo'n golfclub zien slaan en toen dacht ik...'
De Cock onderbrak hem opnieuw.
'En op een avond, vrij laat, belde je hem op en zei, dat je hem dringend moest spreken. Bij zijn kantoor wachtte je hem op en toen hij...'

Franciscus van der Kraay kwam wild overeind. Zijn gezicht zag rood en zijn ogen bolden.
'Nee.' Hij gilde. 'Nee...'
De telefoon op het bureau van De Cock rinkelde. De interruptie was zo onverwacht en indringend, dat zowel Van der Kraay als de beide rechercheurs verstijfd naar het toestel staarden.
Vledder nam de hoorn op en luisterde. Het gezicht van de jonge rechercheur verbleekte. Na enige tijd legde hij de hoorn op het toestel terug.
De Cock boog zich naar hem toe.
'Wie was dat?'
'De commissaris.'
'Buitendam?'
De jonge rechercheur knikte nauwelijks merkbaar.
'Die vrouw heeft weer gebeld.'
De Cock kneep zijn ogen half dicht.
'En?'
'Ze zei... Daerthuizen is dood... niet wegens uwe gerechtigheid... maar de mijne.'

13

Het bericht had De Cock diep geschokt. Het duurde even voor hij zijn bezinning terug had. Hij besefte, dat hij in het bijzijn van Van der Kraay over de mededeling geen discussie kon voeren. Vertrouwelijk legde hij zijn hand op de schouder van de man.
'Het spijt me, Kraaitje,' sprak hij vriendelijk, 'maar ik kan je nog niet laten gaan. Daarvoor weet ik nog te weinig.' Hij trok zijn gezicht in een ernstige plooi. 'Maar ik beloof je op mijn woord, dat ik je geen minuut te lang laat zitten.'
Van der Kraay slikte. Er kwamen tranen in zijn ogen.
'Ik heb het niet gedaan,' sprak hij hees.
De Cock klemde zijn hand om de schouder van de man. 'Je hebt jezelf aardig in de nesten gewerkt. Daar pluk je nu de wrange vruchten van.' Van der Kraay knikte.
'Weet je wat mijn fout is, De Cock, ik klets te veel.'
De grijze speurder nam zijn hand terug en stond op. 'Sterkte, Kraaitje,' sprak hij zacht. Hij wenkte Vledder. 'Laat Frans beneden aan de balie inschrijven en kom daarna direct naar boven.'
Met diep gebogen hoofd sjokte Van der Kraay de grote recherchekamer af. Vledder volgde hem op de voet.
De Cock keek het tweetal na. Daarna gleed zijn blik omhoog naar de klok. Het was bijna twee uur in de nacht. Hij overdacht, dat het tijdstip overeenkwam met de moord op Mr. Van Abbenes. Hij pakte een telefoonboek van zijn bureau en zocht nog toen Vledder terugkwam. De jonge rechercheur leek wat aangeslagen. Zijn gezicht stond somber.
'Ik heb Franciscus van der Kraay beneden toch maar terzake moord laten inschrijven,' sprak hij wat timide. 'Hoewel... eh, hoewel ik nu toch ernstig begin te twijfelen.'
De Cock keek verbaasd naar hem op.
'En je was zo overtuigd?'
Vledder zuchtte.
'Ik vond hem zo'n ideale verdachte.'
De Cock schudde zijn hoofd.
'Ik niet... en feitelijk heb ik nooit in zijn schuld geloofd.'
Vledder keek naar hem op.
'Je arresteerde hem... je deed zelfs het verhoor.'

De Cock knikte. 'De jaren hebben mij voorzichtig gemaakt. Gevoelens en feiten lopen vaak dwars door elkaar heen. Bovendien was een arrestatie de enige mogelijkheid om jou te overtuigen.'
Vledder trok een droevig gezicht.
'Ik ben vaak te gretig... te impulsief. Ik besefte dat zojuist, toen ik na het inschrijven van Van der Kraay de trap op liep.'
De Cock grijnsde.
'Verbeter de wereld en begin bij jezelf.'
'Een kreet van je oude moeder?'
De grijze speurder schudde zijn hoofd.
'Van BZN... De Bond Zonder Naam.' De uitdrukking op zijn breed gezicht veranderde, werd strakker. 'Komt de commissaris hierheen?'
Vledder maakte een vaag gebaartje.
'Ik denk het wel, maar hij heeft het niet met zoveel woorden gezegd. Buitendam leek wat in de war. Geschrokken. Hij zei alleen dat die vrouw weer had gebeld en wat ze had gezegd.'
'Daerthuizen is dood,' herhaalde De Cock, 'niet wegens uwe gerechtigheid... maar de mijne.'
'Ja.'
'Meer niet?'
Vledder schudde zijn hoofd.
'Meer heeft de commissaris mij niet gezegd. Ik denk ook, dat hij niet meer weet.'
De Cock kauwde op zijn onderlip.
'Er is namelijk een belangrijk verschil met de vorige keer,' sprak hij nadenkend. 'Toen hadden we een dode Van Abbenes in een portiek en eerst later volgde die vreemde mededeling.'
Vledder fronste zijn wenkbrauwen.
'Je hebt gelijk... het is nu andersom. We zullen moeten zoeken. Als de mededeling van de vrouw klopt, dan ligt er ergens een vermoorde heer Daerthuizen.'
De Cock knikte.
'Waar?'

Vledder stak het sleuteltje in het contactslot.
'Waar wil je heen?'
'Amstelveen... Keizer Karelweg 1721.'
De jonge rechercheur startte de motor en reed van de steiger achter

het bureau weg.
'Wie woont daar?'
'Tijdens zijn leven... de heer Daerthuizen. Ik kon zijn naam in het telefoonboek van Amsterdam niet vinden. Gelukkig stond bij 'IJsselsteinse Bank' zijn privé-adres in Amstelveen.'
Vledder draaide de Volkswagen het Damrak op.
'Had je niet beter naar Amstelveen kunnen bellen. Dat kost minder tijd.'
De Cock staarde even voor zich uit. 'Ik zie de mensen met wie ik spreek, graag in de ogen.' Hij draaide zich half om. 'En wat zou ik tegen mevrouw Daerthuizen moeten zeggen als ze de telefoon opnam? We hebben gehoord, dat uw man is vermoord... kunt u ons even zeggen waar hij ligt?'
Vledder keek hem van terzijde aan.
'Die moeilijkheid krijg je straks ook.'
De Cock maakte een hulpeloos gebaartje.
'Ik heb geen professionele aanpak, zoals dominees en priesters. Ik vertrouw op mijn intuïtie.'
Vledder knikte begrijpend.
'En als het een grap is?'
'Wat?'
'De mededeling van die vrouw?'
De Cock schudde zijn hoofd.
'Het is geen grap,' sprak hij ernstig. 'Dat was het niet bij de moord op Mr. Van Abbenes en dat is het ook nu niet. Daarvoor is de tekst te specifiek... te gericht. De vraag, die mij sterk bezighoudt, is: wat zijn haar maatstaven, waar gaat ze van uit, met andere woorden... welke gerechtigheid bedoelt ze?'
'Haar eigen gerechtigheid,' reageerde Vledder fel. 'Dat zegt ze toch? De vrouw is met het soort gerechtigheid dat wij bedrijven, blijkbaar niet tevreden.'
De Cock krabde zich peinzend achter in zijn nek. 'Wie wel?' Het klonk wat somber.
Een tijdlang reden ze zwijgend voort. Er was weinig verkeer op de weg. Slechts enkele snorders en taxi's kruisten hun pad. Via de Overtoom, links langs het Olympisch Stadion, bereikten ze Amstelveen en de brede, imposante Keizer Karelweg.
Enige huizen voor nummer 1721 zette Vledder de Volkswagen in een parkeerinham. Toen hij de sleutel uit het contact trok, keek hij

op. 'Dat telefoontje aan de commissaris heeft ons in een bijna onmogelijke situatie gebracht.'
'Hoezo?'
De jonge rechercheur deed het portier aan zijn kant open.
'We weten dat er een moord is gepleegd, we kennen de naam van het slachtoffer, maar we kunnen niets bewijzen. Het kan lang duren voordat het lijk van de heer Daerthuizen boven water komt.'
'Bedoel je dat figuurlijk, of denk je dat hij in een gracht is geduwd?'
'Ze kan hem ook hebben begraven.'
De Cock keek naar hem op.
'Je zei 'ze'?'
Vledder knikte nadrukkelijk.
'Natuurlijk een 'ze'.' Het klonk wat geagiteerd. 'Het was toch een vrouw, die belde.'
Mevrouw Daerthuizen keek de beide mannen voor haar verwonderd aan en schikte iets aan haar roze peignoir.
'Recherche... uit Amsterdam... zo laat nog?'
De Cock toonde zijn beminnelijkste glimlach. 'Ik begrijp uw verbazing. Wij hadden u... op dit onchristelijke uur... ook in bed verwacht.'
Mevrouw Daerthuizen negeerde de opmerking. Ze wees uitnodigend naar een paar zware lederen fauteuils rond een fraai gemetselde schouw. 'Neemt u plaats,' sprak ze niet onvriendelijk. 'Waarmee kan ik de heren van dienst zijn?'
De Cock legde zijn hoedje naast zich op het tapijt.
'Mijn collega en ik,' begon hij voorzichtig, 'zijn belast met het onderzoek naar de moord op Mr. Van Abbenes. Hoewel wij reeds enige dagen, ik mag zeggen, intensief bezig zijn, tasten wij nog volkomen in het duister. We hebben begrepen, dat uw man met de heer Van Abbenes bevriend was. Een gesprek met hem zou mogelijk verhelderend kunnen werken.'
Mevrouw Daerthuizen leunde met haar rug tegen de eiken omlijsting van de schouw. Met haar lichtgroene ogen keek ze de grijze speurder onderzoekend aan.
'U wilt mijn man spreken?'
'Inderdaad.'
Haar ogen vernauwden en met een blik van wantrouwen keek ze De Cock aan. 'U heeft over dit onderwerp met mijn man toch al een gesprek gehad... op de bank?'

De Cock keek naar haar op.
'Dat heeft uw man u verteld?'
'Zeker.'
De Cock pauzeerde even en wreef over zijn brede kin. 'Dat... eh, dat gesprek,' sprak hij aarzelend, 'was, zo vonden wij, wat teleurstellend. We hadden de indruk, dat uw man die middag erg terughoudend was... niet geheel openhartig.'
Mevrouw Daerthuizen gebaarde achteloos. 'Daarvoor zal hij zijn reden hebben gehad.' De Cock knikte met een grijns.
'Die reden wilden wij graag leren kennen.' Mevrouw Daerthuizen reageerde niet direct.
Vanaf haar plaats aan de schouw schreed ze bevallig naar de fauteuil tegenover De Cock en ging zitten.
De grijze speurder volgde de soepele, lenige bewegingen van haar lichaam. In haar nauwsluitende roze peignoir kwamen haar fraaie lijnen goed tot hun recht. Ze was knap, stelde hij emotieloos vast; van een haast dierlijke schoonheid. Ongetwijfeld was ze tientallen jaren jonger dan haar man, de bankdirecteur.
Ze sloeg haar slanke benen over elkaar.
'Ik heb het gevoel,' sprak ze toen bedachtzaam, 'dat u ook niet geheel openhartig bent.'
'In welke opzicht?'
Mevrouw Daerthuizen boog zich iets naar voren. Met haar lichtgroene ogen hield ze hem gevangen in haar blik.
'Rechercheur De Cock... waar is mijn man?'
De oude rechercheur gebaarde verontschuldigend.
'Wij... eh, wij,' reageerde hij onzeker, 'dachten hem hier te vinden.'
De zachte uitdrukking op het gezicht van mevrouw Daerthuizen verhardde. Ze stak haar kin iets omhoog.
'U weet heel goed, dat hij niet hier is.'
De Cock strekte zijn rechterhand langzaam in haar richting.
'Mevrouw Daerthuizen... waar is hij dan?'
De jonge vrouw liet haar hoofd iets zakken. Het leek alsof ze iets van haar strijdvaardigheid had verloren.
'Ik weet het niet,' sprak ze zacht fluisterend. 'Echt, ik weet het niet. Ik ben alleen bang.'
'Waarvoor?'
'Dat hem iets is overkomen.'

De Cock hield zijn hoofd iets schuin.
'Heeft u een reden voor die angst?'
Mevrouw Daerthuizen keek naar hem op.
'Zo ongeveer een uur geleden, kreeg mijn man een telefoontje. Ik lag al in bed. Hij kwam de slaapkamer binnen en zei: Ik moet nog even weg.'
'Hij zei niet waarheen?'
Ze schudde haar hoofd.
'Hij zei alleen: Blijf maar niet op mij wachten. Ik weet niet hoelang het duurt.'
De Cock wreef met zijn vlakke hand over zijn gezicht. Hij voelde, dat het gesprek op een cruciaal punt was gekomen. Een verder ontwijken had geen zin.
'Ik ben bang,' sprak hij zacht en met omfloerste stem, 'dat het inderdaad lang gaat duren... te lang... voor hij terugkomt.'
'Ik... eh, ik begrijp u niet?'
De Cock sloot even zijn ogen.
'Wij hebben gegronde redenen om aan te nemen, dat uw man het slachtoffer is geworden van een moordaanslag.' Mevrouw Daerthuizen keek hem geschokt aan. Haar ogen werden groot en angstig.
'Moordaanslag?' lispelde ze. De Cock knikte bevestigend. 'Iemand... een onbekende... belde vannacht onze commissaris met de mededeling, dat uw man was overleden. Wij nemen die mededeling ernstig. Hoogst ernstig. Eenzelfde mededeling ontvingen wij na de dood van Mr. Van Abbenes... een vriend van uw man.'
Mevrouw Daerthuizen slikte.
'U denkt, dat er een... eh, een verband bestaat?'
De Cock wuifde wat vaag voor zich uit.
'We sluiten die mogelijkheid niet uit.'
Mevrouw Daerthuizen kwam uit haar fauteuil overeind. Met haar hoofd iets voorover liep ze handenwringend heen en weer. 'Een verband,' herhaalde ze, 'een verband.' In haar stem trilde wanhoop.
'Wat voor een verband?'
De Cock trok zijn schouders op.
'Misschien waren ze beiden bij iets betrokken?'
Plotseling bleef mevrouw Daerthuizen staan. Haar mond zakte open. Verschrikt richtte ze haar blik op De Cock.
'Die jongen.'
'Welke jongen?'

'Die de bank van mijn man had opgelicht.'
De Cock keek haar vragend aan.
'U... eh, u bedoelt Casper van Hoogwoud?'
Mevrouw Daerthuizen knikte heftig.
'Casper van Hoogwoud... ja... mijn man was bang, dat die jongen opnieuw zou proberen de bank te benadelen... daarom had hij Van Abbenes ingeschakeld.'
De grijze speurder knikte begrijpend. Hij nam zijn hoedje van het tapijt en stond op. 'Wij houden u uiteraard op de hoogte,' sprak hij meelevend. 'Zo gauw we iets weten, krijgt u van ons bericht.'
De beide rechercheurs liepen naar de hal. Voordat De Cock het huis verliet, draaide hij zich om.
'Mevrouw Daerthuizen... speelt u golf?'

14

De grijze speurder blikte nog even omhoog naar de statige residentie van de Daerthuizens. Daarna holde hij achter Vledder aan. De jonge rechercheur keek lachend om. De Cock in draf was een koddig gezicht.
Toen de dreunende voetstappen van de oude rechercheur waren verklonken, was het weer intens stil op de Keizer Karelweg. Alleen hoog in de lucht bromde een vliegtuig.
Vledder duimde over zijn schouder.
'Kunnen we haar wel zo achterlaten?'
'Hoe bedoel je?'
'Je weet nooit wat er kan gebeuren. Die arme vrouw heeft net het bericht gekregen, dat haar man vrijwel zeker het slachtoffer is geworden van een moordaanslag.'
De Cock keek hem van terzijde aan.
'Wat wil je dan doen? Teruggaan en bezorgd haar handje vasthouden?'
'Ik vind dat idee zo gek nog niet,' gniffelde Vledder handenwrijvend. 'Ik weet niet hoe jij haar beziet, maar in mijn ogen is die mevrouw Daerthuizen een bijzonder aantrekkelijke vrouw.'
De Cock knikte.
'Mooi... en jong.'
Vledder maakte het portier voor zijn leermeester open. Om zijn lippen danste een zoete grijns. 'Te mooi en te jong om de rest van haar leven aan een oudere man te zijn gekluisterd.'
'Precies.'
'Vandaar jouw vraag of ze golf speelde?'
De Cock stapte lachend in.
'Soms, Dick, geloof ik, dat je echt iets van het leven gaat begrijpen.'
De jonge rechercheur klapte dreunend het portier dicht.
'Barst.' Het kwam uit de grond van zijn hart.
Ze reden uit Amstelveen weg.
Vledder keek op zijn horloge.
'Het is al bijna half vier. Wil je nog terug naar de Kit?'
De Cock knikte.
'Misschien zijn er al berichten binnengekomen.'
'Over het vinden van het lijk?'

De Cock staarde peinzend voor zich uit.
'Volgens mij,' sprak hij voorzichtig, 'is het lichaam van Daerthuizen niet ergens weggewerkt of verborgen. Zie je, het ligt geenszins in de bedoeling van de moordenaar om zijn daad te verheimelijken. Daar is hij niet op uit. Integendeel. De wereld mag het best weten. Vandaar die vreemde telefoontjes.'
Vledder remde even om voorrang te verlenen aan een grote vrachtauto, die onverhoeds uit een zijstraat dook. 'Het is toch opvallend,' sprak hij en schakelde terug, 'dat in ons onderzoek steeds weer de naam Casper van Hoogwoud valt. Nu spreekt mevrouw Daerthuizen weer over hem.'
De Cock grinnikte.
'En over fraude... een fraude, waarvan haar man uitdrukkelijk beweerde, dat die nooit had plaatsgevonden.'
Vledder schudde zijn hoofd.
'Ik kan het bijna niet geloven... maar zou dat verhaal van Casper van Hoogwoud over de herkomst van die honderdduizend gulden toch waar zijn?'
'Je bedoelt, dat iemand dat geld 'zomaar' op zijn rekening bij de IJsselsteinse Bank had gestort?'
De jonge rechercheur knikte.
'Ik ging er beslist van uit, dat het was gelogen.'
De Cock wreef over zijn gezicht.
'Dat geld stinkt... zonder meer. Dat praat niemand mij uit mijn hoofd.' Hij spreidde zijn beide handen. 'Maar ik zie daarin nog geen motief voor een moord... een dubbele moord. Het motief is geen geldelijk gewin. De drijfveren van de moordenaar liggen dieper.'
Vledder trok rimpels in zijn voorhoofd.
'Jij spreekt voortdurend over 'moordenaar'. Denk je echt dat het een man is?'
De Cock stak zijn wijsvinger omhoog.
'Ik houd daar terdege rekening mee,' sprak hij. 'Ik besef uiteraard dat ook een vrouw heel goed met een ijzer '7' kan zwaaien. Maar ik wil de mogelijkheid niet uitsluiten, dat een man de daad volvoert en dat een vrouw – al dan niet in zijn opdracht – nadien een intrigerende tekst uitspreekt.'
De jonge rechercheur reageerde niet onmiddellijk. De uitleg van De Cock bracht zijn denken op drift.
'Dat betekent dan wel, dat er tenminste twee mensen bij de moorden

zijn betrokken.'
'Inderdaad... tenminste twee mensen, die menen een God welgevallig werk te doen.'
Vledder trok een vies gezicht. 'God-wel-ge-val-lig?' herhaalde hij vragend.
De Cock drukte zich wat omhoog. 'Denk eens goed aan de tekst van die telefoontjes. Er wordt steeds op gezinspeeld, dat de moorden uit 'gerechtigheid' zouden zijn begaan.'
Vledder blikte met grote ogen naar hem op.
'Je bedoelt... het waren executies?'
De grijze speurder zuchtte diep.
'Zoiets.'

'Heb je al iets gehoord?'
Jan Kusters schudde zijn hoofd.
'De centrale post aan het hoofdbureau zou mij onmiddellijk berichten als er een melding binnenkwam. Ik heb mijn eigen jongens gevraagd om een paar maal langs de grachten te rijden.'
'Waarom de grachten?'
'Daar is die andere vent toch ook gevonden.'
De Cock knikte begrijpend.
'Is de commissaris nog gekomen?'
Jan Kusters maakte een grimas.
'Hij had zwaar de pest in, dat jullie niet op hem hadden gewacht. Volgens hem had hij duidelijk gezegd dat hij zou komen.'
'Waar is hij nu?'
De wachtcommandant wees omhoog.
'Boven, in zijn kamer... met de Officier van Justitie.'
'Mr. Schaaps?'
Jan Kusters knikte. 'Die is hier ruim een half uur geleden binnen komen stappen.'
De Cock reageerde verwonderd.
'Wat moet die man hier midden in de nacht?'
De wachtcommandant trok een somber gezicht.
'Ze zijn samen bezig om Franciscus van der Kraay te verhoren.'
'Wat?'
Jan Kusters snoof.
'Ze denken dat Kraaitje wel weet waar hij het lijk van Daerthuizen heeft gelaten.'

Het gezicht van De Cock verstarde. Hij klemde zijn lippen op elkaar. Gewoonlijk was de grijze speurder de beminnelijkheid zelve, maar wanneer zijn superieuren zich in zijn onderzoeken mengden, bruiste de woede in zijn aderen.
Hij liep van de balie weg en stormde de trap op. Vledder rende hem na. De jonge rechercheur wilde voor alles voorkomen, dat zijn oude leermeester in moeilijkheden kwam. Half op de trap greep hij hem bij zijn regenjas vast.
De Cock draaide zich om. Zijn breed gezicht was een stalen masker. Langzaam schudde hij zijn hoofd. 'Kun je niet alleen de trap opkomen... moet ik je omhoog trekken?' Vledder keek hem aan en lachte toen bevrijd.
'Ik... eh, ik dacht even, dat je heel erg kwaad was.'
Zwijgend liepen ze zij aan zij de trap op. Op de tweede etage snelde De Cock naar de kamer van de commissaris. Toen hij zonder kloppen binnenstapte, had hij zich weer volkomen in bedwang. Geamuseerd keek hij naar de drie mannen in het stalen zitje bij de hoek.
Commissaris Buitendam kwam verstoord overeind.
'Ik heb je niet horen kloppen,' sprak hij streng.
De Cock grijnsde.
'Dat heb ik ook niet gedaan.'
De Officier van Justitie schoof zijn stalen fauteuil iets terug en zwaaide in de richting van Van der Kraay.
'Wij zijn maar vast met het onderzoek begonnen, De Cock. Het leek ons handiger,' sprak hij fijntjes, 'dat deze man ons even zegt waar zich het stoffelijk overschot van de heer Daerthuizen bevindt, dan dat wij in het wilde weg ergens gaan zoeken.'
De grijze speurder trok zijn wenkbrauwen op.
'Weet deze man waar het lijk van Daerthuizen ligt?' vroeg hij verwonderd.
Mr. Schaaps knikte overtuigend.
'Uiteraard weet deze man dat... een moordenaar weet toch waar hij zijn slachtoffer laat?' Het klonk uiterst cynisch.
De Cock liep op Franciscus van der Kraay toe en beduidde hem om op te staan.
'Ken je de IJsselsteinse Bank?'
Van der Kraay kwam overeind.
'Ik weet dat er een IJsselsteinse Bank bestaat,' sprak hij ontwijkend.
'Ik heb er geen rekening... als je dat soms bedoelt.'

De Cock negeerde de opmerking.
'Je bent nooit in die bank geweest?'
'Nee.'
'Zegt de naam Daerthuizen jou iets?'
Franciscus van der Kraay maakte een schouderbeweging. 'Ik heb begrepen, dat de man dood is.' Hij knikte in de richting van de commissaris en de Officier van Justitie. 'Die twee zeggen, dat hij is vermoord.'
'En is dat zo?'
'Weet ik veel.'
'Ken je de heer Daerthuizen dan niet?'
'Welnee.'
'En je hebt geen man van die naam vermoord?'
Van der Kraay klapte met zijn vlakke hand op zijn borst.
'Ik?'
'Ja.'
Van der Kraay bracht een vreugdeloos gehinnik voort.
'Waarom zou ik een man vermoorden... die ik niet ken? Dat is toch dwaas.'
'En zo dwaas ben je niet?'
'Zou ik denken.'
De Cock veinsde verbazing.
'Waarom vallen deze beide heren jou dan lastig?'
Buitendam slikte. Zijn gelaat werd rood. Nog voor Van der Kraay kon antwoorden, strekte hij zijn rechterhand in de richting van de deur.
'Eruit.'
De Cock ging.

Toen de grijze speurder de recherchekamer binnenstapte, keek Vledder hem hoofdschuddend aan.
'Ben je er weer uitgegooid?'
De Cock knikte met een droevig gezicht. 'Hij kan het gewoon niet laten,' sprak hij triest. Vledder lachte.
'Jij draait de zaak om. Commissaris Buitendam heeft mij nog nooit de kamer afgestuurd. Het ligt aan jou. Jij maakt hem voortdurend razend. Wat was er nu weer?'
De Cock liet zich in de stoel achter zijn bureau zakken. 'De Officier van Justitie maakte een schampere opmerking over de aanpak van

een onderzoek en het vinden van lijken. Toen heb ik het verhoor van Franciscus van der Kraay even overgenomen. De manier waarop ik dat deed, stond Buitendam niet aan. Hij stuurde mij weg... terwijl ik niet de bedoeling had om hem te kwetsen.' De jonge rechercheur schoof een stoel bij.
'De commissaris en de Officier van Justitie geloven echt dat Van der Kraay het heeft gedaan?'
'Die indruk kreeg ik.'
'Beide moorden?'
'Inderdaad.'
'Kan het?'
De Cock trok zijn schouders op.
'Het zou voor Kraaitje prachtig zijn als uit ons onderzoek zou blijken, dat de moord op de heer Daerthuizen werd gepleegd op een moment na het tijdstip, waarop wij hem bij zijn moeder thuis arresteerden. Dat verschaft hem voor de tweede moord een onaantastbaar alibi... terwijl dan tevens zijn aandeel in de moord op Mr. Van Abbenes uiterst twijfelachtig wordt.'
'Hoezo?'
De Cock gebaarde voor zich uit.
'Je zult het met mij eens zijn... er is een duidelijk verband tussen beide moorden. Mr. Van Abbenes en de heer Daerthuizen kenden elkaar, hadden vermoedelijk ook gezamenlijke belangen. Ze werden beiden 's nachts, op ongeveer hetzelfde tijdstip, met een telefoontje uit hun huis weggelokt en in beide gevallen ontving onze commissaris na de daad een vreemd telefoontje van een mysterieuze vrouw.'
Vledder knikte begrijpend.
'We moeten voor beide moorden dezelfde dader vinden. Als Kraaitje de tweede moord niet heeft begaan, dan is hij ook niet verantwoordelijk voor de eerste.'
'Precies.'
'En anders?'
'Dan blijft Van der Kraay, technisch gezien, een redelijke verdachte... voor beide moorden.'
Vledder grijnsde.
'Met een telefonerende Martha als de geheimzinnige vrouw met een tekst over eigen gerechtigheid.'
De Cock knikte.

'Het is naar mijn gevoel een ongerijmdheid,' sprak hij somber, 'maar het kan... en daar hebben wij als rechercheurs rekening mee te houden.'
Vledder keek naar de grote klok. 'Zullen we naar huis gaan. Het is bij half vijf.' De Cock kwam licht kreunend uit zijn stoel omhoog. Op dat moment stormde Jan Kusters de recherchekamer binnen. In zijn hand een telexbericht.
'Ze hebben het lijk van een man gevonden,' sprak hij gehaast.
'Waar?'
'Achter de Westerkerk... met een ingeslagen schedel.'

15

De volgende morgen om elf uur stapte De Cock opmerkelijk fris en monter het politiebureau aan de Warmoesstraat binnen. Hij had zich een paar uur slaap gegund. Een verkwikkend bad had daarna alle loomheid uit zijn botten gebannen. Joviaal wuifde hij in de richting van de balie, maar Meindert Post, de Urker wachtcommandant, was zo bedrijvig in de weer, dat hij niet reageerde. Het verdroot De Cock niet.
In de grote recherchekamer vond hij Vledder al achter zijn nieuwe schrijfmachine. De jonge rechercheur zag er belabberd uit... bleek, met blauwe wallen onder zijn ogen. Toen hij De Cock in het oog kreeg, produceerde hij een matte glimlach.
'Nog een paar van die dagen en nachten met jou en ik klap volkomen in elkaar. Dan kun je de rest alleen opknappen.' De Cock bekeek hem met een bezorgde blik.
'Ga dan terug naar je bed.'
Vledder schudde zijn hoofd.
'Dat kan niet,' verzuchtte hij. 'Ik heb al een afspraak gemaakt met Dr. Rusteloos. Over een half uurtje moet ik naar Westgaarde voor de sectie op het lijk van Daerthuizen.' Hij keek naar De Cock omhoog. Zijn jong gezicht stond zorgelijk. 'Bovendien is Kraaitje ontvlucht.'
'Wat?'
Vledder knikte traag.
'Het is vannacht gebeurd,' sprak hij somber. 'Kort nadat wij naar de Westermarkt waren vertrokken.'
'Hoe?'
De jonge rechercheur schoof de schrijfmachine van zich af. 'Ik heb het nog van Jan Kusters gehoord. Toen de Officier van Justitie en de commissaris klaar waren met hun verhoor, had Buitendam de wachtcommandant gebeld en gevraagd om Van der Kraay bij hen weg te laten halen. Dat duurde blijkbaar wat te lang naar de zin van de beide heren. Ze besloten om zelf Van der Kraay naar zijn cel terug te brengen.' Vledder grinnikte uit leedvermaak. 'Boven, op de gang, gaf Kraaitje Mr. Schaaps een fikse zwieper, duwde de lange Buitendam opzij en stormde de trap af. Voordat de beide heren alarm konden slaan, was de vogel gevlogen.'
'Heeft dat verhoor nog iets opgeleverd?'

'Ik geloof het niet. Ik heb er niets van gehoord of gelezen.'
De Cock schudde afkeurend zijn hoofd.
'Ze hebben Kraaitje met hun vragen vermoedelijk zo dol gemaakt, dat de man geen uitweg zag en voor de vrijheid koos.'
'Wat nu?'
De Cock wreef zich nadenkend achter in zijn nek. De vlucht van Franciscus van der Kraay was een ontwikkeling, die hij niet had voorzien. 'Het is jammer,' sprak hij droevig, 'dat de lijkschouwer ons vannacht zo weinig kon zeggen omtrent het tijdstip, waarop de heer Daerthuizen uit ons aardse tranendal werd gemept.' De Cock spreidde zijn handen in een hulpeloos gebaar. 'Maar Dr. Den Koninghe had natuurlijk gelijk. Wat kon hij in alle redelijkheid over het tijdstip van overlijden zeggen? Het was nogal koud vannacht... hoe snel koelt zo'n lijk af?'
Vledder keek zijn collega bedroefd aan.
'Het loopt allemaal niet lekker.'
Het klonk nogal ontmoedigend. De Cock snoof.
'Wat had je dan gewild? Dat men ons de dader op een zilveren schaaltje presenteerde... compleet met een fraai motief en een deugdelijke bewijsvoering?'
Vledder schudde zijn hoofd.
'Maar het mag ons toch wel eens...' Verder kwam hij niet. De Cock glimlachte. Hij blikte nog eens in het bleke gezicht, bezag de donkere wallen onder de ogen en strekte toen zijn wijsvinger gebiedend naar de jonge rechercheur uit. 'Jij gaat na afloop van de sectie onmiddellijk naar huis en in je bed. Het verhaal van Dr. Rusteloos hoor ik morgen wel.'
Vledder protesteerde.
'En als het wat bijzonders is?'
De Cock schudde zijn hoofd.
'Morgen,' sprak hij nadrukkelijk en slenterde naar de kapstok.
Vledder kwam achter zijn bureau vandaan en liep hem na.
'Wat ga je doen?'
De Cock draaide zich om. Zijn gezicht stond strak. 'Ik heb mijzelf,' sprak hij grimmig, 'een onderhoud met Dr. Hardinxveld beloofd.'

Een statige grijze oude dame, in een stijve, hooggesloten zwarte japon zonder de minste franje, schuifelde op platte schoenen door de gang voor hem uit. Ze opende de deur van een soort herenkamer,

hield de koperen kruk in haar hand en sprak plechtig: 'Meneer komt zo bij u'. Daarna deed ze de deur achter hem dicht en verdween.
De Cock keek rond. Het ruime vertrek ademde een sfeer van negentiende eeuwse deftigheid. Er waren fraaie gobelins, donkere landschappen in gouden lijsten, een indrukwekkende boekenwand en wulpse engeltjes aan het plafond. In de ruimte tussen de beide hoge ramen hingen vergeelde silhouet-portretten in een ovaal.
Na enkele minuten kwam een lange slanke man de kamer binnen. De Cock schatte hem op voor in de vijftig. Hij droeg een lichtgrijs flanellen kostuum met een rode stropdas. Met een uitgestoken rechterhand liep hij op de grijze speurder toe. 'Hardinxveld,' zei hij vrolijk. 'het spijt me dat ik u even moest laten wachten. Ik was nog aan het ontbijt.' Hij glimlachte beminnelijk, 'Ik ben, wat men noemt, een nachtmens. Dat betekent laat in bed en laat aan het ontbijt.' Met een weids gebaar wees hij op een paar fragile Biedermeier-fauteuils. 'Laten we er bij gaan zitten.' Hij nam plaats en sloeg zijn lange benen over elkaar.
'Re-cher-cheur-De-Cock,' sprak hij mijmerend, 'een bekende klank. Ik heb veel over u gehoord. U geniet, meen ik, de faam, de meest ingewikkelde misdaad-affaires tot een oplossing te brengen.'
De grijze speurder knikte.
'Een faam, die verplichtingen schept.'
'Dat vat ik.'
De Cock keek de man voor hem peilend aan. Dr. Hardinxveld had een scherp gesneden gezicht met een hoog voorhoofd, een smalle neus, eindigend in brede neusvleugels, waaronder een paar volle, sensuele lippen.
'We hebben vannacht,' begon de oude rechercheur, 'op een stille plek in de binnenstad, het lijk aangetroffen van een man, die ik kort tevoren als directeur van de IJsselsteinse Bank had ontmoet.'
Dr. Hardinxveld maakte een verschrikt gebaartje.
'O gut, Daerthuizen ook al?'
Het klonk laconiek, bijna komisch.
De Cock keek naar hem op.
'Verbaast het u niet?'
Dr. Hardinxveld vouwde zijn handen voor zijn borst.
'Ach nee... niet helemaal. Na hetgeen er met Van Abbenes was gebeurd, lag een moordaanslag op de heer Daerthuizen min of meer in de lijn der verwachtingen.'

De grijze speurder keek hem verrast aan.
'Dat begrijp ik niet.'
Dr. Hardinxveld zwaaide wat vaag in de ruimte.
'Kijk, beste man,' sprak hij zuchtend, 'ik feitelijk ook niet. Maar het heeft er alle schijn van, dat een of andere stupide idioot er op uit is om alle leden van de golfclub Amstelland uit te roeien. Hoogst merkwaardig... en heel vervelend.'
De Cock trok rimpels in zijn voorhoofd. De reacties en het taalgebruik van Hardinxveld verwarden hem. Het kostte hem moeite om de chirurg te doorgronden.
'U... eh, u bent toch zelf ook lid van Amstelland... bent u niet bang om in de toekomst een van de slachtoffers te worden?'
Dr. Hardinxveld knikte nadrukkelijk.
'O ja... zeker wel. En ik was er vermoedelijk al niet meer geweest als ik op dat vreemde telefoontje was ingegaan.'
'Wat voor een telefoontje?'
'Van een vrouw... een onbekende vrouw met een sexy stemgeluid, die mij vroeg om haar op de Westermarkt achter de Westerkerk te ontmoeten.'
De Cock slikte. De vindplaats van het lijk van Daerthuizen spookte door zijn gedachten. Hij boog zich iets naar voren.
'Dat telefoontje kreeg u?' vroeg hij ongelovig.
'Ja, eergisteren.'
'Waarom bent u niet gegaan?'
Om de volle lippen van Dr. Hardinxveld danste een glimlach.
'Ik wist wat er met Van Abbenes was gebeurd. Hij had ook zo'n telefoontje gekregen.'
De Cock kneep zijn ogen half dicht.
'Hoe weet u dat?'
Dr. Hardinxveld spreidde zijn beide handen.
'Van Abbenes heeft mij dat zelf verteld.'
'Wanneer?'
'Die bewuste avond.'
'Toen was hij nog bij u?'
Dr. Hardinxveld knikte bevestigend.
'Ik zei u al... ik ben een nachtmens. Ik ga meest laat naar bed. Een onhebbelijkheid, die mijn vrienden kennen. Die avond... of beter gezegd, het begin van de nacht... het was zo rond de klok van twee uur, belde Van Abbenes bij mij aan. Hij zei, dat hij plotseling wat

moeilijkheden had met de benzinetoevoer, waardoor zijn wagen niet prettig liep en vroeg of hij even mijn Mercedes mocht lenen om een afspraak na te komen.'
'Een afspraak met de dood.'
Dr. Hardinxveld wuifde afwerend.
'Dat wist Van Abbenes uiteraard nog niet... hij verheugde zich op een romantisch avontuur.'
'Met de vrouw, die hem had gebeld.'
'Precies.'
De Cock plukte aan het puntje van zijn neus.
'Had Van Abbenes,' vroeg hij voorzichtig, 'geen enkel idee omtrent de identiteit van de vrouw, met wie hij een ontmoeting zou hebben?'
Dr. Hardinxveld trok zijn schouders op.
'Misschien wel... dat weet ik niet. Hij zei mij alleen, dat een vrouw op dat late uur een ontmoeting met hem had gearrangeerd. De naam van die vrouw heeft hij mij niet geopenbaard.' Hij gebaarde verontschuldigend. 'Ik heb er ook niet naar gevraagd.'
De Cock knikte.
'Als... eh, als de heer Van Abbenes de naam van de mysterieuze vrouw had gekend, zou hij dan zo openhartig zijn geweest om u dat te vertellen?'
Dr. Hardinxveld grinnikte.
'Dat is hypothetisch. Hij heeft mij de naam van de vrouw niet genoemd. Of Van Abbenes haar kende... blijft een open vraag.'
De Cock wreef met zijn vlakke hand over zijn breed gezicht. Het was een gebaar om tijdwinst. Hij begreep, dat hij zijn verhoor een andere wending moest geven.
'Toen u de volgende dag vernam, dat Van Abbenes was vermoord, zal u dat diep hebben geschokt.'
'Inderdaad.'
De Cock keek hem bewonderend aan.
'Ik vind het heel verstandig van u, dat u niet op... eh, op dat lokkende telefoontje bent ingegaan.'
Dr. Hardinxveld glimlachte fijntjes.
'De gewelddadige dood van Van Abbenes leek mij een geduchte waarschuwing.'
De Cock keek hem strak aan.
'Waarom hebt u de heer Daerthuizen niet gewaarschuwd? Een moordaanslag op hem – hoe zei u dat ook weer? – lag toch in de lijn

der verwachtingen?'
Dr. Hardinxveld toonde voor het eerst enige onzekerheid. Hij frunnikte nerveus aan zijn stropdas.
'Het... eh, het leek mij niet zo verstandig om dat te doen,' sprak hij aarzelend.
De Cock reageerde met verwondering. 'Waarom niet?'
Dr. Hardinxveld streek enige malen met de toppen van zijn slanke vingers over zijn hals.
'Dat telefoontje, dat ik ontving... die sexy stem... had ik herkend.'
'Wat?'
Dr. Hardinxveld knikte traag.
'Sybille... de vrouw van Daerthuizen.'

16

Geërgerd, worstelend met een sterk gevoel van onbehagen, reed De Cock in een verkeerde versnelling schokkend van het trottoir weg. Er bruiste in hem de behoefte om in één ruk van Amsterdam door te rijden naar Bloemendaal, naar het strand, om al die spinnewebben uit zijn hersenen te laten waaien.
Hij probeerde het verwarde gesprek met de joviaal acterende Dr. Hardinxveld in zijn herinnering terug te brengen en reed prompt door het rode licht. Verbaasd over het wilde getoeter om hem heen, zette hij de Volkswagen aan de andere kant van de kruising half op het trottoir en zette de motor af.
De Cock hield niet van autorijden. De grijze speurder was meer dan een eeuw te laat geboren. Hij was een man die zich in het tijdperk van de paardetram, de diligence en de gezapige trekschuit volkomen op zijn gemak zou hebben gevoeld.
Hij begreep, dat hij niet met zijn beide voorwielen op het trottoir kon blijven staan. Na lang wrikken vond hij de achteruit, veroorzaakte bijna een aanrijding en bereikte uiteindelijk een parkeerplaatsje, waar hij zich volmaakt veilig voelde.
Het werd tijd, zo overdacht hij, om dat gesprek met Dr. Hardinxveld eens grondig te analyseren. Wat had de chirurg hem verteld? En wat viel daaruit de concluderen? Naar zijn gevoel, gaf het verhaal van Dr. Hardinxveld wel een redelijke verklaring voor het feit dat de Mercedes van de chirurg, dicht bij de plek waar Van Abbenes werd vermoord, met een nog warme motorkap werd aangetroffen. Ook viel eventueel wel te controleren of de wagen van Van Abbenes storingen had aan de bezinetoevoer van de motor.
De Cock leunde wat achterover. In zijn hart was hij er wel van overtuigd dat Mr. Van Abbenes eerst naar Dr. Hardinxveld was gereden, alvorens zijn nachtelijke afspraak na te komen. Maar met wie had Mr. Van Abbenes die nacht een afspraak? Dr. Hardinxveld wilde hem doen geloven, dat de advocaat gedreven werd door een lokkend romantisch avontuur.
Maar was dat zo?
Had het nachtelijk bezoek van Mr. Van Abbenes aan Dr. Hardinxveld nog een andere reden dan een defecte benzinetoevoer van zijn wagen? Was de reden van het bezoek niet veeleer een overleg...

vooraf... over afspraken, voorstellen? En in dat geval wist Dr. Hardinxveld deksels goed met wie zijn vriend Mr. Van Abbenes een afspraak had.
De Cock wreef over zijn brede kin. Hij was beslist geschrokken toen Dr. Hardinxveld hem vertelde, dat ook hij een telefoontje had gekregen met het verzoek om naar de Westermarkt te komen... de plek, waar de bankier Daerthuizen vermoord werd aangetroffen. Dr. Hardinxveld wist dat blijkbaar uit eigen wetenschap, want hij, De Cock, had die plek voordien niet genoemd. Er was dus inderdaad wel een poging ondernomen om de chirurg naar de Westermarkt te lokken... of kende Dr. Hardinxveld die plek omdat hij zelf de moordenaar van Daerthuizen was?
De Cock zuchtte diep. Het gevoel dat hij in zijn lange loopbaan nog nooit zo'n ellendige zaak in behandeling had gehad, drong zich sterk aan hem op.
Dr. Hardinxveld was ongetwijfeld een bijzonder intelligent man... een vervaarlijk tegenstander... maar zijn suggestie dat Sybille, de vrouw van Daerthuizen, de lokkende telefoontjes pleegde, was in de ogen van de oude rechercheur een pure misleiding. Hij kon zich voorstellen, dat de bekoorlijke Sybille de advocaat naar de plek van de moord had gedreven. Ook was het mogelijk, dat zij zou hebben geprobeerd om Dr. Hardinxveld naar de Westermarkt te lokken. Tot zover wilde hij, De Cock, de chirurg wel volgen. Maar dat Daerthuizen likkebaardend naar de Westerkerk was getogen naar aanleiding van een telefoontje van zijn eigen vrouw... dat leek hem absurd.
Toch was Daerthuizen naar de Westermarkt getrokken en had daar zijn dood gevonden. Waarom ging Daerthuizen dan midden in de nacht nog op pad? Wat waren zijn motieven om zijn comfortabel huis in Amstelveen te verlaten? Dezelfde motieven, die de advocaat Van Abbenes dreven om 's nachts nog eens naar zijn kantoor te gaan?
De Cock beet op zijn onderlip. Van één ding was de grijze speurder overtuigd: Dr. Hardinxveld had tegen hem gelogen. Maar waarom? Wat was het aandeel van de chirurg in het macabere moordspel? Een ijzer '7', waarvan vader Van Hoogwoud had verklaard, dat die uit de tas van Dr. Hardinxveld was verdwenen?
De Cock bleef nog even zitten. Toen startte hij de motor en reed terug naar de Kit. Het was meer aan de voorzienigheid, dan aan zijn stuurkunst te danken dat hij daar zonder brokken aankwam.

Toen de grijze speurder de grote recherchekamer binnenstapte, zag hij Vledder tot zijn verbazing achter zijn elektronische schrijfmachine zitten. Met grote passen liep De Cock op hem toe.
'Je zou naar bed,' riep hij snauwerig. 'Dat hadden we afgesproken.'
De jonge rechercheur gebaarde afwerend.
'Ik kon het niet,' sprak hij verontschuldigend. 'Ik was al op weg naar huis. Toen dacht ik aan alles wat we nog moesten doen.' Hij klapte op de kap van de schrijfmachine voor zich. 'Aan jouw onhandigheid om met dit apparaat om te gaan.' Hij ademde diep. 'Toen ben ik maar teruggekomen.'
Op het gezicht van De Cock verscheen een glimlach.
'Hoe voel je je?'
'Och, het gaat wel. Misschien krijgen we vanavond eindelijk de gelegenheid om op tijd naar huis te gaan.'
De Cock grijnsde.
'Vast. We laten gewoon alle lijken die er binnenkomen, tot de volgende dag wachten.'
Vledder lachte.
'Volgens mij moet dat kunnen. De lijken zelf hebben toch geen haast meer.'
De Cock hing grinnikend zijn oude hoedje en zijn regenjas aan de kapstok, liep terug en liet zich tegenover Vledder in de stoel achter zijn bureau zakken.
'Ik ben vanmorgen bij Dr. Hardinxveld geweest.'
De jonge rechercheur knikte.
'Daar zou je heengaan. En? Ben je er wat mee opgeschoten?'
De Cock schoof zijn onderlip vooruit.
'Hij zei... onder meer... dat hij eergisteren, in het begin van de nacht, een mysterieus telefoontje had gekregen met het verzoek om naar de Westerkerk te gaan.'
Vledder blikte verrast op.
'Waar wij het lijk van Daerthuizen vonden?'
'Precies.'
De jonge rechercheur boog zich naar voren.
'Van wie kwam dat telefoontje?'
'Van een vrouw... een onbekende vrouw... maar Dr. Hardinxveld meende, dat hij haar stem had herkend.'
'Is dat waar?' vroeg Vledder enthousiast.
De Cock knikte traag.

'Sybille... de vrouw van Daerthuizen.'
Het gezicht van de jonge rechercheur betrok.
'Kan dat?'
De Cock schokschouderde.
'Wat dacht jij?'
Vledder plooide rimpels in zijn voorhoofd.
'Ik zou mij kunnen voorstellen,' sprak hij voorzichtig, 'dat zij, als een bekoorlijke jonge vrouw, in gemeenschap van goederen getrouwd, eventueel best van haar rijke, maar oudere echtgenoot verlost wil worden. Maar waarom zou zij een Van Abbenes en een Hardinxveld naar het leven staan?'
De Cock knikte instemmend.
'Dat is dan ten aanzien van een mogelijk motief. Maar praktisch? Denk jij, dat Daerthuizen op grond van een telefoontje van zijn eigen vrouw naar de Westerkerk was gegaan?'
Vledder schudde zijn hoofd.
'Bovendien kan het helemaal niet. Ze was er zelf bij toen Daerthuizen dat bewuste telefoontje ontving. Ze lag thuis in bed.'
De Cock maakte een afwerend gebaartje.
'Daar moeten we voorzichtig mee zijn. Dat ze thuis was en in bed lag... is haar eigen verklaring. Daarvoor hebben we geen bewijzen.' Hij zweeg even; wreef zich achter in zijn nek. 'Ik heb er de hele morgen over zitten piekeren. Acht jij het denkbeeldig, dat Sybille vanuit een of andere plek in de stad haar man belt met het verzoek om naar de Westermarkt te komen... hem daar opwacht en doodslaat... om vervolgens snel naar Amstelveen te rijden en ons daar te woord te staan?'
Vledder trok een vies gezicht.
'Een wat gewrongen constructie..., vind je niet?' Zijn blik verhelderde. 'Het verandert natuurlijk als we voor haar ook een motief kunnen vinden ten aanzien van Van Abbenes.'
'Heel goed, Dick,' sprak De Cock lovend. 'Je bent zo helder van geest, dat je volgens mij best weer een nachtje zonder slaap kunt.'
De jonge rechercheur stak in een angstig protest zijn beide armen omhoog. 'Spaar me, De Cock,' riep hij bijna smekend. 'Ik wil ook graag helder van geest blijven.' De grijze speurder glimlachte, veranderde van onderwerp.
'Jij was bij de sectie?'
'Ja.'

'Had Dr. Rusteloos nog bijzonderheden?'
Vledder schudde zijn hoofd.
'De oude lijkensnijder was dit keer wel erg kort in zijn conclusie. Hij noemde Daerthuizen gewoon een kopie van Van Abbenes.'
De Cock knikte begrijpend. 'Een ijzer '7'.'
'Inderdaad... het wapen was opnieuw een golfclub. De vorm en de afmetingen van de wond waren volkomen identiek aan die van Van Abbenes. Ook de plek op het achterhoofd was nagenoeg dezelfde.'
De Cock kneep zijn lippen op elkaar.
'Eenzelfde modus operandi... eenzelfde dader.'
Vledder knikte langzaam. 'Die overtuiging heb ik. En ook Dr. Rusteloos sprak zich in die richting uit.' Hij deed een lade van zijn bureau open, nam daaruit een prop vloeipapier en gaf die aan De Cock. 'Dit had hij nog om zijn nek.'
De grijze speurder vouwde de prop voorzichtig open.
'Een stiertje,' sprak hij toonloos.
Vledder schudde zijn hoofd.
'En het klopt weer niet.'
'Hoezo?'
'Ook die Daerthuizen was geen Stier. Hij is op 3 april geboren... een Ram.'

De Cock boog zich over de balie.
'Waarom moet ik naar beneden komen,' riep hij geprikkeld.
Meindert Post keek van zijn dienstboek op.
'Ze kwam hier het bureau binnen,' sprak hij bedaard, 'en zei, dat ze jou wilde spreken. Maar ze vertikte het om naar boven te gaan.'
'Wie?'
'Die vrouw. Ze schaamt zich.'
De Cock snoof. De slechte gang van zaken bij zijn onderzoek kwam zijn humeur niet ten goede.
'Schamen,' riep hij met overtrokken verwondering. 'Voor wie? Voor wat?'
De wachtcommandant kwam overeind.
'Vind je het zo gek,' vroeg hij hoofdschuddend, 'dat er vrouwen zijn die zich schamen?'
De Cock maakte een grimas.
'Het schijnt voor te komen... heb ik gehoord.' Meindert Post keek hem verwijtend aan. 'Doe niet zo cynisch, De Cock. Dat vrouwtje

wil niet dat anderen haar boven bij de recherche zien. Daar moet je begrip voor hebben. Ik kreeg de indruk dat hetgeen zij te vertellen had, nogal van vertrouwelijke aard was. Ik heb een celletje voor je vrij gemaakt met een tafel en twee stoelen.'
De grijze speurder grinnikte.
'Een betere accommodatie had je niet?'
De oersterke Urker wachtcommandant legde zijn enorme rechterhand voorzichtig op de schouder van de oude rechercheur en kneep zachtjes. 'Nog meer commentaar,' sprak hij dreigend, 'en ik trek je over de balie.'
De Cock kende de kracht van Meindert Post uit ervaring en bracht snel een zoete glimlach op zijn gezicht.
'Waar is ze?' vroeg hij liefjes.
De wachtcommandant sjokte naar de deur van het cellenhuis, maakte die open en bracht de grijze speurder naar een dronkemanscel, waarvan de zware deur half openstond. 'Je belt wel als je klaar bent.'
De Cock knikte en ging naar binnen.
Achter een tafeltje zat een knappe jonge vrouw. De oude rechercheur schatte haar op achter in de twintig. Ze had mooi, lang, blond golvend haar en een fraaie, nauwelijks verhulde boezem. Ze kwam omhoog en stak de grijze speurder aarzelend een hand toe.
'Ik ben Sophie... Sophie van Dam.'
De Cock drukte de toegestoken hand.
'De ex-vrouw van Franciscus van der Kraay?' vroeg hij met lichte argwaan.
Ze ging weer zitten.
'Dat 'ex' mag u binnenkort weer weglaten.'
De Cock fronste zijn wenkbrauwen.
'U bent toch officieel van Frans gescheiden?'
Sophie van Dam knikte traag.
'U mag het gerust geloven... dat heeft mij pijn genoeg gedaan. Ik houd van die vent.'
De Cock begreep het niet.
'U was hem ontrouw... hij vond u thuis in bed met een ander.'
Ze schudde triest haar hoofd.
'Het was geen ontrouw.'
De Cock grinnikte ongelovig.
'Hoe wilt u dat dan noemen?'
Sophie van Dam keek naar hem op.

'Ze zeiden, dat u een man was met veel ervaring... een man, die iets van het leven begreep. Daarom ben ik ook gekomen.'
De Cock stak capitulerend zijn hand omhoog.
'Goed, meid,' sprak hij berustend, 'ik luister.'
Sophie van Dam liet haar hoofd iets zakken.
'Ik heb vroeger een tijdje in het leven gezeten.'
'Wist Frans dat?'
Ze schudde haar hoofd.
'Mannen zijn vaak dwaze kinderen. Met sommige gedachten kunnen ze niet leven.'
'En Frans is zo'n dwaas.'
Om haar rode lippen gleed een glimlach van vertedering.
'Een kolossale vent.' Haar stem trilde. 'Een heerlijk, lief, groot, sterk, dwaas mannenkind. Toen ik hem voor de eerste keer in een discotheek ontmoette, wist ik, dat ik verloren was.'
'En je trouwde?'
Het gezicht van Sophie van Dam versomberde.
'Toen begon de ellende... voor mij. Ik zag hem de hele dag ploeteren, vaak van 's morgens vroeg tot 's avonds laat, voor... als het goed ging... een paar meier in de week. En dan al de zorgen, die hij had.' Ze zweeg even en beet op de nagel van haar wijsvinger. 'Ik heb als meisje van de vlakte altijd veel geld verdiend. Ik had weleens vervelende klantjes, maar over het algemeen verdiende ik mijn geld toch heel gemakkelijk. En als ik Frans dan zo zag zwoegen voor weinig geld... dan deed mij dat pijn.'
De Cock krabde zich achter in zijn nek.
'Je besloot om Frans, op jouw manier, een beetje te helpen.'
Er kwamen tranen in haar ogen.
'Toen hij mij betrapte, kreeg ik geen tijd om het uit te leggen. Hij joeg mij zonder meer het huis uit en al een paar dagen later had ik een advocaat op mijn nek.'
'Mr. Van Abbenes.'
'Ja.'

De Cock gleed met zijn pink over de rug van zijn neus.
'Die... eh, die Mr. Van Abbenes heeft bij de echtscheiding bepaald gunstige voorwaarden voor jou bedongen. Er wordt gefluisterd, dat jouw... eh, persoonlijke charmes daartoe mede hebben bijgedragen.'

Sophie van Dam streek met gespreide vingers door haar blonde haren.
'Van Abbenes was geen man die 'valt' op mijn type.'
De Cock keek verward naar haar op.
'Niet op jouw type?' reageerde hij verwonderd. 'Je bent een zeer begerenswaardige vrouw... in mijn ogen.'
Sophie van Dam schonk hem een lieve glimlach.
'Maar niet in de ogen van advocaat Van Abbenes. Hij was bepaald niet gecharmeerd van jonge, zelfbewuste vrouwen, zoals ik.'
'Nee?'
Ze schudde haar hoofd.
'Zijn voorkeur ging uit naar kinderen.'
'Kinderen?' riep De Cock verrast.
Sophie van Dam wuifde wat nerveus voor zich uit.
'Kinderen... jonge meisjes zonder enige ervaring.'
De Cock kneep zijn ogen iets samen.
'Heeft hij je dat verteld... van die jonge meisjes, bedoel ik?'
Sophie van Dam schudde haar hoofd.
'Dat hoeft niet,' sprak ze zoet glimlachend. 'Als ik een paar minuten met een man alleen ben, weet ik genoeg.'
De Cock streek met zijn vingers tussen zijn boordje. 'Een benijdenswaardige gave,' sprak hij wat benauwd. 'Ten opzichte van vrouwen heb ik die gave niet. Zo begrijp ik nog steeds niet waarom u feitelijk bent gekomen.'
Sophie van Dam keek naar hem op. Haar gezicht stond strak.
'Frans is bij mij.'

Toen De Cock in de grote recherchekamer terugkwam, trof hij Vledder leunend met zijn voorhoofd op de kap van zijn schrijfmachine. De jonge rechercheur zat er verslagen bij. De grijze speurder tikte hem op zijn schouder.
'Wat is er?' vroeg hij bezorgd.
Vledder keek op en tikte met zijn middelvinger op een notitie voor zich op het bureau.
'Ik kreeg net bericht van het Mattheus-ziekenhuis.'
De Cock voelde een spanning in zijn borst.
'Dr. Hardinxveld...?'
De jonge rechercheur knikte.
'Dood... met een ingeslagen schedel.'

17

Vledder zette de oude politie-Volkswagen op de parkeerplaats. De Cock en hij kwamen wat loom uit hun zittingen en keken omhoog. Het kolossale 'Mattheus' doemde voor hen op.
De grauw-grijze aanblik, de strakke architectuur van het ultra-moderne ziekenhuis, beviel De Cock niet. Het was hem te eenvormig, te kil, te onpersoonlijk. De intiemere, lieflijk tussen het groen verspreid liggende paviljoens van het oude Wilhelmina Gasthuis, waren hem beter vertrouwd.
In de enorme hal, waar gedempte gesprekken samenzweefden tot een angstig gezoem, stapte een oudere verpleegster op hen toe. Ze keek vragend naar de grijze speurder op.
'U bent De Cock?'
De oude rechercheur knikte.
'Met ceeooceekaa... om u te dienen.' Hij duimde opzij. 'En dat is collega Vledder, mijn vertrouwde, maar helaas... nu wat vermoeide hulp en toeverlaat.'
De scherpe blik van de verpleegster gleed schattend over de gezichten van de mannen. Het duurde maar even. 'Ik ben hoofdzuster Westerveld,' sprak ze kort. 'Willen de heren mij maar volgen?'
De beide rechercheurs sjokten door de hal achter haar aan naar een ruimte met dichte liftdeuren en flitsende lampjes.
De hoofdzuster drukte op een knop.
'We kunnen er niet helemaal met de lift komen,' legde ze uit. 'Zover gaat hij niet. Het laatste stukje moeten we met een trap.'
Een paar deuren schoven uiteen en ze stapten in. Zuster Westerveld drukte kordaat op de bovenste knop en de lift schoot misselijkmakend omhoog.
De Cock boog zich naar haar toe. 'Heeft u hem gevonden?'
De hoofdzuster schudde haar hoofd.
'Thérèse... een meisje van onze administratie. Het kind was er zo van in de war... in overleg met haar chef heb ik haar naar huis gestuurd.'
Ze sprak op een toon die geen tegenspraak duldde.
De Cock keek haar vorsend aan.
'Een... eh, een meisje van de administratie?' vroeg hij niet begrijpend.
Zuster Westerveld wees omhoog.

'In die ruimte boven komt vrijwel nooit iemand. Er staan daar alleen wat rekken met mappen. De administratie heeft het in gebruik als archief.'
'En daar lag hij?'
Ze antwoordde wat snibbig. 'Daar ligt hij nog. Ze hebben ons op het hart gedrukt om aan de situatie vooral niets te veranderen voordat u kwam. Bovendien... een kind kon zien, dat er toch niets meer aan te doen was.'
De Cock knikte begrijpend.
'Hoe kwam Dr. Hardinxveld in die ruimte?'
De hoofdzuster trok haar schouders op.
'Joost mag het weten. Het is voor ons een raadsel. Dr. Hardinxveld hoort thuis op de chirurgie. Hij heeft daar niets te zoeken.'
De lift stopte. De deuren schoven weer uiteen en voor hen lag een lange, brede, verlaten gang.
De hoofdzuster stapte opnieuw voor hen uit. Aan het einde van de gang opende ze een deur. Er was een klein portaal, gevolgd door een vrij steile trap omhoog. De Cock wees naar de klink van de deur.
'Is die nooit op slot?'
Zuster Westerveld schudde haar hoofd.
'Nee... waarom?'
De Cock antwoordde niet. Hij stapte het portaaltje binnen en hees zich langs de steile trap omhoog. Vledder en de hoofdzuster volgden.
Er waren geen ramen. Aan de zoldering, tussen de balken, hing een enkele TL-buis. Het gaf een spookachtig licht met langgerekte schaduwen van hoge, meest lege stellages, haaks op de muren.
Ongeveer in het midden van de ruimte lag, op zijn rug, een man in een witte jas. De Cock keek op hem neer. Hij herkende hem onmiddellijk. De ogen, die hem die morgen nog olijk, soms geamuseerd, hadden opgenomen, waren nu verstard in de dood. Om het hoofd lag een plas donkerrood geronnen bloed. Het kleefde in klonters aan de haren in zijn nek.
De Cock bukte bij het slachtoffer en blikte in het dode gezicht. Hij voelde plotseling een sterke behoefte om het toe te spreken, vermanend, over een noodlottig gebrek aan openhartigheid. Maar hij besefte dat het zinloos was.
Plotseling zag hij, gedeeltelijk onder de rechterschouder van het slachtoffer, een glimmend rond voorwerp. Hij pakte het schielijk op

en stopte het in een zijzak van zijn colbert.
Vledder zag zijn bewegingen.
'Wat is het?'
De grijze speurder keek schuin omhoog.
'Een rijksdaalder... iemand moet hem hier hebben verloren.' Hij kwam omhoog. Zijn knieën kraakten. 'Je hebt de meute gewaarschuwd?'
De jonge rechercheur knikte.
'Op het bureau al. Volgens mij kunnen ze hier elk ogenblik zijn.'
Over de schouder van Vledder heen zag De Cock Dr. Den Koninghe aankomen. In zijn kielzog liepen twee broeders met hun brancard. De Cock liep op de oude lijkschouwer toe en drukte hem hartelijk de hand. Daarna stapte hij voor hem uit naar het lijk van Dr. Hardinxveld op de vloer.
'Het is alweer een zeer gewaardeerd lid van onze samenleving.'
Dr. Den Koninghe keek naar hem op.
'Gelukkig houdt onze geduldige magere maaier daar geen rekening mee.'
De Cock grijnsde.
'Mijn moordenaar ook niet.'
De oude lijkschouwer trok zijn streepjespantalon iets op en knielde bij de dode neer. Zijn onderzoek duurde niet lang. Al na enige seconden kwam hij weer omhoog. Met precieze bewegingen nam hij zijn bril af, wipte de pochet uit de borstzak van zijn deftig jacquet, en begon de glazen zorgvuldig schoon te vegen.
'Al die zware schedelfracturen,' sprak hij krakerig. 'Het lijkt wel een epidemie. Je mag al jouw toekomstige slachtoffers wel aanraden om een helm te gaan dragen.' Het klonk spottend.
Dr. Den Koninghe propte de pochet terug in het borstzakje van zijn jacquet en schoof zijn bril weer op zijn neus. Met een nonchalant gebaar wuifde hij naar het slachtoffer op de vloer.
'Hij... hij is dood.'
De Cock knikte traag.
'Ik weet het... een ijzer '7'.'

De volgende morgen was De Cock al vroeg weer op het bureau. De moord op Dr. Hardinxveld had hem niet dieper in het moeras der onwetendheid gedrukt. Integendeel, hij had het gevoel niet langer in het duister rond te tasten. De contouren begonnen zich af te tekenen.

De weg naar de oplossing lag open.
Hij pakte uit de lade van zijn bureau een vel papier en begon de lijnen voor zich uit te zetten. Koel, zakelijk, zonder de geringste emotie. Van één ding was hij overtuigd: hij moest de moordenaar ontmaskeren voor hij opnieuw kon toeslaan.
Zijn oude vriend, de adjudant Kamphuis, kwam de recherchekamer binnen en liep op hem toe.
'Ik heb een slechte mededeling voor je.'
De Cock grinnikte.
'Ga ik vervroegd met pensioen?'
Adjudant Kamphuis lachte.
'Dat kun je voorlopig wel vergeten. Ze hebben je te hard nodig.' Hij trok zijn gezicht in een ernstige plooi. 'Vledder heeft zich vanmorgen bij mij ziek gemeld. Hij vond het verschrikkelijk. Ik moest je zeggen, dat het hem erg speet, maar dat hij echt niet meer vooruit kon.'
De Cock reageerde somber.
'Ik was er al bang voor. Die jongen heeft al een paar dagen achter elkaar niet kunnen slapen. Dat wreekt zich.' Hij schoof het vel papier iets van zich af en keek op. 'Ik had de komende tijd mijn handen graag vrij. Heb jij iemand die voor mij naar de sectie kan gaan? Dr. Rusteloos is al om tien uur op Westgaarde.'
Adjudant Kamphuis knikte.
'Ik zal Fred Prins sturen. Die is goed. Is er nog iets waarop hij moet letten?'
De Cock knikte traag voor zich uit.
'Laat hem Van Wielingen vast opdracht geven... ik wil duidelijke detailfoto's van de schedelwond... en ik wil het stiertje.'
Kamphuis keek hem vragend aan.
'Een stiertje?'
De Cock schonk hem een matte glimlach.
'Ik ben er van overtuigd, dat Dr. Hardinxveld een gouden stiertje om zijn hals draagt.'
'Is die man een Stier?'
De Cock schudde zijn hoofd.
'Dr. Hardinxveld was een Leeuw.'

De Cock parkeerde de Volkswagen in de stille Den Texstraat en wandelde via de Nicolaas Witsenstraat naar de Weteringschans. Bij nummer 876 bleef hij staan en belde luid en doordringend.

Het duurde enkele minuten voordat Casper van Hoogwoud de deur opende. De jongeman zag er onverzorgd uit. Hij had een baard van zeker drie dagen en zijn haar hing in slierten om zijn hoofd. Nijdig trok hij het koord van zijn ochtendjas strak en keek de grijze speurder uitdagend aan.

Zonder een woord te zeggen drukte De Cock de jongeman opzij en stapte langs hem heen naar binnen. Via de gang liep hij onmiddellijk door naar de woonkamer. Toen Casper van Hoogwoud achter hem aankwam, greep hij de jongeman wild bij de schouders en drukte hem met kracht in een fauteuil. Dreigend bleef hij voor hem staan.

'Ik wil nu de waarheid over dat geld.'

'Welk geld?'

'Die honderdduizend gulden, die je op de avond van Marcels dood op je buik droeg.'

Casper van Hoogwoud verweerde zich zwakjes.

'Dat heb ik toch al gezegd: van mijn rekening bij de IJsselsteinse Bank.'

De Cock kneep zijn lippen op elkaar en schudde zijn hoofd.

'Jij hebt nooit een rekening bij de IJsselsteinse Bank gehad.'

'Wie zegt dat?'

'De heer Daerthuizen, directeur van die bank.'

Casper van Hoogwoud maakte een moedeloos gebaartje.

'Het was ook niet mijn rekening... geen rekening op de naam van Casper van Hoogwoud. De rekening stond op naam van mijn broer, Marcel.'

'En op die rekening stond honderdduizend gulden?'

Casper van Hoogwoud grijnsde.

'Daar stond vaak nog veel meer geld op. Soms wel een half miljoen. Marcel werd op het laatst zo ziek, dat hij zelf het geld niet meer van de bank kon halen.'

'Daarom deed jij het?'

'Ja.'

'Met een machtiging van Marcel?'

Casper van Hoogwoud schudde zijn hoofd.

'Marcel wilde mij geen machtiging geven.'

'Waarom niet?'

'Hij wilde voor niemand weten dat hij ziek was.' De Cock keek hem niet begrijpend aan.

'Hoe deed je het dan?'

'Ik leek op Marcel. Als ik zijn kleren aandeed en mijn haar op dezelfde wijze kamde... zag je bijna het verschil niet.'
'Jij presenteerde je dus bij de IJsselsteinse Bank als Marcel van Hoogwoud.'
'Precies.'
'Wist Marcel dat?'
Casper van Hoogwoud knikte heftig.
'Natuurlijk wist Marcel dat,' reageerde hij fel. 'Dacht u, dat ik die hele verkleedpartij op mijn eigen houtje deed. Ik moest dat doen van Marcel. Het gebeurde in zijn opdracht.'
'En het geld, dat je op die manier van de bank haalde, droeg je ook weer aan Marcel af?'
'Ja.'
'Behalve dan die honderdduizend gulden.'
Casper van Hoogwoud zuchtte.
'Dat was het laatste geld van de rekening. Ik mocht dat van Marcel houden... voor het geval er iets met hem gebeurde. Dan had ik, zo zei hij, een steuntje in mijn rug. Hij raadde mij ook aan om het geld niet op een bank te zetten.'
'Waarom niet?'
'Dan konden ze er ook geen beslag op leggen, zei hij.'
De Cock werd het staan moe. Hij achtte het ook niet meer noodzakelijk om de dreiging voort te zetten. Ontspannen liet hij zich in de fauteuil tegenover de jongeman zakken.
'Hoe kon Van Abbenes jou van fraude betichten?'
Casper van Hoogwoud glimlachte met een scheve mond.
'Ze waren er op een of andere manier achter gekomen, dat ik geld van Marcels rekening had gehaald. Dat geld wilden ze terug hebben.'
'Wie is ze?'
Casper van Hoogwoud gebaarde breed.
'Die luitjes van de bank... de IJsselsteinse Bank... en die hadden Mr. Van Abbenes ingeschakeld om mij onder druk te zetten. Als ik de bank het geld niet terugbezorgde, dan zouden ze mij voor de rechter brengen. Ik had, zo beweerde die Van Abbenes, fraude gepleegd, valsheid in geschrifte, oplichting. Ik had mij valselijk voorgedaan als mijn broer Marcel van Hoogwoud en ik had zijn handtekening nagemaakt.'
De Cock wuifde in de richting van de jongeman.

'Was je niet bang, dat Mr. Van Abbenes werkelijk de rechter zou inschakelen?'
Casper van Hoogwoud grinnikte met een glinstering in zijn ogen. 'Toen ik later aan Marcel vertelde wat die Mr. Van Abbenes allemaal tegen mij had gezegd, begon hij hardop te lachen. Casper, zei hij, maak je geen zorgen. Laat ze maar dreigen. Ze hebben toch niet het lef om je iets te doen.'
De Cock plukte peinzend aan zijn onderlip. 'Daarvan was Marcel overtuigd?' vroeg hij ongelovig.
'Absoluut.'
De Cock hield zijn hoofd een beetje schuin. 'Hoe... hoe kwam Marcel aan dat vele geld... wel een half miljoen, zei je?'
Casper van Hoogwoud trok achteloos zijn schouders op. 'Marcel ging veel op reis... alleen... naar het buitenland... voor zaken.'
'Wat voor zaken?'
De jongeman hief zijn beide armen omhoog. 'Dat weet ik niet. Echt niet. Marcel heeft er nooit iets over losgelaten.'
'Wie weet dat wel?'
'Ik denk... mijn vader.'
'Hoezo, je vader?'
De blik van Casper dwaalde weg, terwijl hij vertelde. 'Toen ik eens met hem alleen was... op Amstelland, zei hij tegen mij: Marcel, je broer, is een handige jongen. Een verdomd handige jongen. Die pakt ze wel.'
De Cock keek Casper onderzoekend aan.
'Begreep je wat je vader daarmee bedoelde?'
De jongeman schudde zijn hoofd. 'Daarom vroeg ik ook waarom Marcel zo handig was... waarin?'
'En?'
'Mijn vader negeerde de vraag en ging over op een ander onderwerp.'
De Cock knikte traag voor zich uit.
'En nu is Marcel dood.'
Casper liet zijn hoofd iets zakken.
'Gisteren hebben we hem begraven.'

18

Met zijn beide armen wijd gespreid, een brede glimlach om zijn lippen, liep Jaap Groen jr. op De Cock toe. 'Waarde vriend,' sprak hij gedragen, 'welkom... welkom in mijn nederige stulp. Wat een verrassing en een blijdschap om jou te mogen begroeten.'
De grijze speurder bloosde onder het pathos. Hij kende de grote Amsterdamse historicus en theoloog al sinds de jaren van de middelbare school, toen ze gezamenlijk en in vereniging trachtten de duistere geheimen van het vrouwelijk schoon te doorgronden. Het waren schone tijden met een residu aan dierbare herinneringen.
Na de begroeting ging Jaap Groen hem voor naar een gezellig ingerichte woonkamer en wees uitnodigend naar een zitgrage fauteuil.
'Vertel me wat ik voor je doen kan.' De Cock ging zitten en legde gewoontegetrouw zijn hoedje naast zich op het tapijt.
'Ik wilde,' begon hij voorzichtig, 'een beroep doen op jouw onuitputtelijke bijbelkennis.'
Jaap Groen klemde zijn handen ineen.
'Het zal mij een voorrecht zijn,' sprak hij juichend, 'om Gods Woord aan jou te mogen verklaren.' De Cock glimlachte. 'Ik ben belast,' begon hij zakelijk, 'met het onderzoek naar een reeks van gruwelijke moorden. Achtereenvolgens hebben een advocaat, een bankdirecteur en een chirurg van het Mattheus-ziekenhuis hier in Amsterdam, de dood gevonden. Ze stierven alle drie door een slag met een ijzer '7'... dat is een soort slagwerktuig, dat bij het edele golfspel wordt gebruikt. De moorden dragen qua modus operandi duidelijk dezelfde signatuur, zodat ik er persoonlijk van uitga, dat ze door één en dezelfde dader werden gepleegd.'
Jaap Groen stak in een theatraal gebaar zijn rechterarm omhoog.
'Want buiten,' declameerde hij enthousiast, 'zijn de honden, de hoereerders en de doodslagers, de afgodendienaars en een ieder, die de leugen liefheeft en doet.' Diep zuchtend liet hij zijn arm zakken.
'En, mijn waarde vriend, in die donkere wolk van zonde wandelt gij... en zoekt het licht.'
De grijze speurder kreeg een opwelling om handenklappend 'bravo' te roepen, maar uit eerbied voor zijn vriend bedwong hij zich. Hij wist uit ervaring, dat Jaap Groen een man was, die doorgaans meende wat hij zei.

'Na de moord op de advocaat,' zo ging De Cock rustig verder, 'kreeg onze commissaris in de nacht een telefoontje, waarin werd gezegd: *Mr. Van Abbenes* – zo heette de advocaat – *is dood... niet wegens uwe gerechtigheid... maar de mijne*. Ook na de moord op de bankdirecteur kreeg onze commissaris een telefoontje met – buiten een andere naam – dezelfde tekst.'
'Merkwaardig.'
De Cock knikte instemmend en vervolgde zijn verhaal. 'Die tekst intrigeert mij ongemeen. Ik heb het gevoel dat die enkele woorden, buiten hun letterlijke betekenis, ook een boodschap inhouden... een aanwijzing. Daarom dacht ik, misschien is het een bijbeltekst, zo'n tekst met een bijzondere uitleg.'
'Een exegese,' zei Jaap Groen met een ernstig gezicht.
'Precies.'
De grote theoloog verzonk in gedachten. 'In het bijbelboek Deuteronomium,' sprak hij na een tijdje op waardige toon, 'negen, vers zes, doet God de toezegging, dat hij zijn gelofte jegens het volk Israël zal nakomen. Maar, zo zegt Hij vermanend: *niet wegens uwe gerechtigheid*. En dan spreekt Hij zijn toorn uit over het feit, dat zij buitengewoon hardnekkig zijn in de zonde, dat zij zich een beeld hadden gegoten, een gouden kalf, dat zij rondom dat kalf hadden gedanst en het hadden aanbeden.'
De Cock kneep zijn wenkbrauwen samen.
'Het gouden kalf,' herhaalde hij toonloos.
'Dat gouden kalf,' legde Jaap Groen jr. geduldig uit, 'was in feite een jonge stier; bij vele heidense volken uit die tijd, en ook later, een symbool van levenslust, kracht en vooral... seks.'
De Cock keek zijn geleerde vriend bewonderend aan.
'Seks,' herhaalde hij peinzend, 'natuurlijk seks... dat is het.' Hij kneep zijn lippen op elkaar en zweeg. Na een paar seconden gebaarde hij wat onzeker voor zich uit. 'Bij wie,' vroeg hij aarzelend, 'kan men verwachten, dat hij of zij het verband kent tussen de tekst *niet wegens uwe gerechtigheid* en een gouden kalf, dat – zijnde een stier – de seks symboliseert?'
Jaap Groen antwoordde niet direct.
'Er zijn,' sprak hij na enig nadenken, 'eenvoudige gelovigen, die het bijzondere voorrecht genieten om Gods Woord ook zonder uitleg te verstaan. Zij hebben geen exegese van node.' Hij weifelde even. 'Toch zou ik, in dit verband, eerder denken aan een godgeleerde,

een theoloog, een voorganger, een dominee.'
Het was De Cock duidelijk. Hij kwam uit zijn fauteuil overeind en drukte de geleerde hartelijk de hand. 'Je hebt mij geweldig geholpen,' sprak hij oprecht dankbaar. 'Het geeft mij een indicatie in welke richting ik de dader moet zoeken.' Hij schuifelde weg. Bij de deur draaide hij zich wat verstrooid om. 'Wat gebeurde er met het gouden kalf?'
Jaap Groen stak beide handen omhoog.
'Mozes sprak tegen het volk Israël: Maar het voorwerp uwer zonde, het kalf, dat gij gemaakt had, nam ik, verbrandde het met vuur, vergruizelde het en vermaalde het grondig, totdat het tot stof gestoten was; en het stof wierp ik in de beek, die van de berg afvloeit.' De Cock knikte voor zich uit. 'Een nogal radicale vernietiging.' Jaap Groen glimlachte en legde vertrouwelijk zijn rechterhand op De Cocks schouder.
'Mozes was een impulsief man.'

Vanaf de woning van Jaap Groen junior in Amsterdam-Slotervaart reed De Cock in de gammele politie-Volkswagen naar de binnenstad. De grijze speurder zat zo in gedachten verzonken achter het stuur, dat hij in luttele minuten vrijwel alle verkeersregels overtrad, die eens een wijze wetgever had opgesteld.
De openbaring, dat het gouden kalf een jonge stier was, bracht zijn denken in een stroomversnelling. Had de echtgenote van Van Abbenes een paar dagen geleden met haar 'PS' zijn onderzoek al in een bepaalde richting willen stuwen? Welke richting? Kende zij het verband tussen de moordenaar en het gouden stiertje om de nek van haar man?
Het bijbelse gouden kalf werd door Mozes uiterst grondig vernietigd. Betekende dat een bijbelse veroordeling van de seks? Was seks zondig? Zo zondig, dat zelfs het symbool daarvan 'tot stof moest worden gestoten'? Wie dacht er in die geest? En was bereid om vanuit die overtuiging een reeks moorden te plegen?
Niet ver van de kerk zette De Cock de Volkswagen tegen de trottoirrand. Zonder hem af te sluiten, verliet hij het vehikel, stapte met een verbeten trek op zijn gezicht naar de pastorie en belde aan.
De brede, donkergroene deur werd opengedaan door een man in een zwart kostuum. De Cock schatte hem op voor in de vijftig. Hij had een lang, bijna wasbleek gelaat en fraai golvend, lang grijs haar.

Zijn bleekblauwe ogen werden sterk vergroot door een bril met een donkerbruin montuur. De man trok zijn wenkbrauwen iets op.
'U wenst?' vroeg hij nederig.
De grijze speurder nam zijn hoedje af en hield het voor zijn borst.
'Mijn naam is De Cock,' sprak hij vriendelijk, 'met ceeooceekaa. Ik ben als rechercheur verbonden aan het politiebureau in de Warmoesstraat. Ik had graag een onderhoud met u.' Hij hield zijn hoofd een beetje schuin en glimlachte. 'U... eh, u bent toch de heer Van Leemhorst?'
De man knikte. 'Die ben ik, ja.' Hij verschoof iets aan zijn bril.
'Waarover wilde u mij spreken?'
De Cock observeerde de gelaatsexpressie.
'Het gouden kalf.'
Over de linkerwang van de heer Van Leemhorst zwiepte een zenuwtrek en zijn onderlip trilde.
'Het gouden kalf?' In zijn stem trilde de argwaan.
De Cock knikte.
'Het lijkt mij een interessant onderwerp.'
De heer Van Leemhorst deed de groene deur verder open en beduidde de grijze speurder, dat hij verder kon komen. Over een rode plavuizen vloer leidde de man hem naar een kleine kamer met een eiken lambrizering. Onder een hoog raam stond een ruwhouten tafel, geflankeerd door twee met leer beklede stoelen.
Toen ze binnen waren, draaide de heer Van Leemhorst de deur achter hen op slot en stak de sleutel in een zijzak van zijn zwart colbert. De Cock strekte zijn rechterhand geopend naar hem uit.
'Geef die sleutel maar hier.'
Van Leemhorst glimlachte.
'Ik wil alleen maar, dat niemand ons stoort.'
De Cock hield zijn hand gestrekt.
'Die sleutel,' herhaalde hij dwingender. 'Ik behoud graag een vluchtweg, voor het geval dat u hier ergens een ijzer '7' hebt staan.'
De heer Van Leemhorst keek hem van achter zijn brilleglazen angstig aan. Hij tastte aarzelend in een van de zijzakken van zijn colbert en legde de sleutel voorzichtig in de palm van De Cocks hand.
'Als... als het u gelukkiger maakt,' sprak hij trillerig.
De Cock trok zijn gezicht strak.
'Nu nog dat ijzer '7'.'
Van Leemhorst trok wat hulpeloos zijn schouders op.

'Welk ijzer '7'?'
De Cock keek hem strak aan.
'De golfclub, waarmee de advocaat Van Abbenes, de bankdirecteur Daerthuizen en de bekwame chirurg Hardinxveld om het leven werden gebracht.'
Van Leemhorst gebaarde wat nerveus.
'Wat heb ik daar mee te maken?'
De Cock boog zich iets naar voren.
'U behoorde toch ook tot 'het klaverblad van vier' of... zoals men fluisterde 'het seks-kwartet'?'
Van Leemhorst slikte.
'Ik was, net als zij, lid van Amstelland. Verder heb ik niets met hen uitstaande.'
De Cock liep op hem toe. In een flitsende beweging drukte hij zijn vlakke rechterhand tegen de borst van de man. Onder het overhemd voelde hij een hangertje met de gestileerde lijnen van een dier. En hij wist welk dier dat was. Zoet grijnzend wees hij naar de ruwhouten tafel en de beide met leer beklede stoelen.
'Dominee Van Leemhorst... het is tijd voor een bekentenis.'

19

De Cock keek zijn jonge collega vriendelijk aan. 'Hoe is het nu?' vroeg hij bezorgd. Vledder schonk hem een matte glimlach. 'Het gaat wel weer. Ik had ook geen zin om langer thuis te blijven.' Hij grinnikte. 'Maar ik was wel even totaal kapot... had een kop als een Maasdammer-kaas... vol gaten. Ik geloof dat ik wel twintig uur achter elkaar heb geslapen.'
'Uitgeslapen?'
Vledder lachte. 'Dat mag je wel zeggen.' Hij keek op. 'Ben je in die tijd nog wat verder gekomen?' De Cock knikte traag.
'Ik ben niet ontevreden. Ik heb een bezoek gebracht aan mijn oude vriend Jaap Groen en ik heb een onderhoud gehad met...' Hij maakte zijn zin niet af, staarde even voor zich uit en nam toen zijn beide benen van het bureau. Hij stond op, liep naar Vledder en legde vertrouwelijk zijn hand op de schouder van de jonge rechercheur.
'Dick,' in zijn stem trilde enig sentiment, 'je bent altijd een fijne collega voor mij geweest... een jonge vriend. Ook al was je het niet altijd met mij eens, je hebt mij steeds terzijde gestaan. Ook in deze zaak. Daar ben ik je dankbaar voor.'
Vledder maakte een grimas.
'Doe niet zo dramatisch.'
De Cock schudde zijn hoofd.
'Ik meen het serieus, Dick. Ik hoop ook nu weer op je te kunnen rekenen.'
'Natuurlijk kun je op mij rekenen,' reageerde de jonge rechercheur fel.
De Cock liep terug naar zijn stoel.
'Mooi... dat is dan geregeld.'
Vledder keek zijn oude leermeester onderzoekend aan. In zijn hart groeide de argwaan.
'Ben je wat van plan?' De Cock knikte traag.
'Ik verdwijn voor een dag... misschien twee dagen. Maar beslist niet langer. En in die tussentijd ben ik voor niemand bereikbaar. Als de commissaris of de Officier van Justitie naar mij vragen, dan verzin je maar wat. Ik ben op onderzoek.' Om zijn lippen speelde een milde glimlach. 'En maak je nergens zorgen over. Ik neem wel contact met je op voor het slotakkoord.'

'Slotakkoord?'
De Cock kauwde op zijn onderlip.
'Ik denk, dat ik bijna zover ben.'
De jonge rechercheur spreidde zijn beide handen.
'Wat ga je dan doen?'
Het klonk wanhopig.
'Iets waarbij ik geen getuigen kan gebruiken.'
'En dat is?'
'Een moord ensceneren.'

Precies vijftien uur later, drie kwartier na middernacht, was De Cock in de recherchekamer terug. Hij leek wat nerveus, gespannen. Haastig liep hij op Vledder toe. 'Heeft er nog iemand naar mij gevraagd?' De jonge rechercheur schudde zijn hoofd. 'Alleen Smalle Lowietje heeft gebeld. Ik begreep uit zijn woorden, dat hij wist waar Franciscus van der Kraay zat.' De Cock knikte wat afwezig. Het bericht scheen hem weinig te interesseren.
'Heb je mensen genoeg?'
Vledder knikte.
'Ik heb Fred Prins.' Hij zweeg even, peinzend. 'Fred was bij de sectie. Ook Hardinxveld had zo'n stiertje om zijn nek.'
'Dat wist ik.'
De jonge rechercheur keek hem verwonderd aan.
'Wist je dat?'
De Cock knikte. 'Dat stiertje was een soort symbool van een gezamenlijke interesse.' Vledder hield zijn hoofd scheef.
'Interesse... waarin?'
De Cock negeerde de vraag.
'Wie heb je verder nog?'
De jonge rechercheur raadpleegde een notitie.
'Appie Keizer, Peter van Brenk en Johnny Elbersen.' Hij keek van zijn notitie op. 'En dan heb ik thuis bij commissaris Buitendam een afluister-apparaat laten plaatsen.'
'Waarom?'
Vledder trok zijn neus iets op.
'Herinner je je... die vrouw met haar vreemde telefoontjes.'
'Die belt niet,' zei De Cock hoofdschuddend.
Vledder keek hem fronsend aan. Het gedrag van de oude rechercheur prikkelde hem, maar hij durfde niet verder te vragen. 'Denk

je, dat we mensen genoeg hebben?'
De Cock tuitte zijn lippen en knikte.
'Met ons zessen redden we het wel.'
'Hoe laat gebeurt het?'
'De gebruikelijke tijd... twee uur.'
'Waar?'
'Opnieuw achter de Westerkerk.'
De jonge rechercheur kon zijn nieuwsgierigheid niet langer bedwingen. Hij grinnikte vreugdeloos.
'Hoe weet je dat allemaal?'
De Cock wuifde de vraag weg. Hij stond op en slenterde naar de kapstok. Met zijn hoedje achter op zijn hoofd draaide hij zich om.
'Waar zijn de anderen?'
'In de kantine.'
'Vraag of het comité zich gereedmaakt.'
Vledder keek hem aan.
'Comité?' vroeg hij niet begrijpend.
De Cock grijnsde. De grillige accolades rond zijn mond dansten en in zijn ogen glansde een duivels licht.
'Ons ontvangstcomité voor een moordenaar.'

De Cock zakte onderuit. Hij voelde geen spanning, geen angst voor een mogelijke mislukking. Hij was er van overtuigd, dat de betrokkenen hun afspraken zouden nakomen. Er stond voor hen te veel op het spel.
Hij blikte opzij naar Vledder. De jonge rechercheur hing met zijn beide armen over het stuur. Om zijn mond lag een ontevreden trek. De Cock begreep dat best. Maar hij had niet openhartiger willen zijn. Waarom zou hij zijn jonge collega laten delen in een risico, waarvoor hij, De Cock, de verantwoordelijkheid alleen wilde en ook kon dragen? Er gleed een moede glimlach om zijn mond. Hoelang doolde hij al in het wereldje van de misdaad rond... en hoeveel geheimen droeg hij in zijn hart?
Hij voelde hoe naast hem het lichaam van Vledder zich spande. Hij drukte zich wat omhoog. Links van hen, uit een geparkeerde auto, stapte een man. Met slepende tred liep hij naar de Westerkerk en verdween in de schaduw van een machtige steunbeer.
Vledder stootte hem aan.
'Heb je dat gezien?' hijgde hij.

De Cock knikte.
'Heb je hem herkend?'
'Nee.'
De Cock wees voor zich uit naar de steunbeer van de kerk. 'Staan Fred Prins en Petertje van Brenk er dicht genoeg bij?' vroeg hij fluisterend. 'Ze moeten wel op tijd kunnen ingrijpen. Ik had niet graag, dat er pal voor mijn ogen een werkelijke moord werd gepleegd.'
Vledder gniffelde.
'Je wilde toch een moord ensceneren?'
De grijze speurder ademde diep.
'Je hebt gelijk,' verzuchtte hij. 'Dat wilde ik. Een moord met getuigen.'
'Welke getuigen?'
De Cock liet zich weer wat zakken.
'Jij, ik... de anderen. Alles later vastgelegd in een keurig procesverbaal, opgemaakt door een stel uiterst betrouwbare rechercheurs.'
Vledder nam zijn armen van het stuur.
'Om als bewijs te dienen?'
'Inderdaad.'
'Waarvan?'
De Cock gebaarde achteloos.
'Dat zei ik toch... moord... met een ijzer '7'... meermalen gepleegd.'
De jonge rechercheur slikte.
'En de moordenaar?'
De Cock wees opnieuw in de richting van de steunbeer.
'Die staat daar... en werkt mee.'
Vledder keek hem verbijsterd aan.
'Aan het bewijs tegen hemzelf?'
'Precies.'
'Vrijwillig?'
De oude rechercheur tuitte zijn lippen.
'Min of meer.'
Vledder keek hem ongelovig aan.
'De Cock,' sprak hij hoofdschuddend, 'soms heb je iets van de duivel.' De grijze speurder glimlachte gevleid.
'De duivel, Dick... is een gevallen engel.'

Toen de zware klok in de toren van de Westerkerk twee uur sloeg, drukte De Cock zich weer omhoog. Hij realiseerde zich, dat de komende minuten uiterst belangrijk waren. Als de acteurs die hij had ingezet, zich niet exact aan hun rol hielden, kon hij zijn loopbaan bij de Amsterdamse recherche wel als beëindigd beschouwen. Hij grinnikte uit zelfspot. Als het daarbij bleef.
Schuin rechts, vanuit de richting Prinsengracht, naderde langs de kerk een statige gestalte. Hij was geheel in het zwart gekleed. Toen hij een lantaarnpaal passeerde, deed het licht zijn lange grijze haren glanzen. Langzaam, wat aarzelend, schuifelde hij verder... zich bewust van een dreigend gevaar.
Toen de man de steunbeer naderde, bemerkte De Cock dat zijn ademhaling versnelde en zijn oude hart het bloed wild door zijn aderen stuwde.
Plotseling kwam de man met de slepende tred uit de schaduw te voorschijn. Aan zijn rechterhand bungelde een golfclub. Dreigend liep hij op de statige gestalte af. De afstand tussen hen beiden werd steeds kleiner.
De Cock sprong uit de wagen. Vledder was sneller. De jonge rechercheur rende voor hem uit. Het gebeurde allemaal in een flits. Uit de schaduw van een andere steunbeer draafden Fred Prins en Peter van Brenk.
Op het moment dat de man zijn golfclub hief, gereed om toe te slaan, werkte Vledder hem tegen de grond. De jonge rechercheur knielde bij hem neer en draaide het gezicht van de man naar zich toe. Met open mond blikte hij omhoog naar De Cock.
'Het... het is vader Van Hoogwoud.'
De grijze speurder knikte traag.
'De oude greenkeeper van Amstelland.'

20

De Cock leunde behaaglijk achterover in zijn leren fauteuil. Hij voelde zich voldaan en ontspannen. Hij keek naar Vledder tegenover zich. 'De anderen konden niet komen?' De jonge rechercheur schudde zijn hoofd. 'Ze hadden wel gewild, maar adjudant Kamphuis had ze nodig voor een inval bij een heler, die al jaren gestolen goederen van verslaafden koopt.' De Cock knikte begrijpend. Hij boog zich iets voorover, pakte een fles verrukkelijke cognac uit het wijnrek en schonk de edele drank in fraaie, diepbolle glazen.
Met zichtbare vreugde hief hij zijn eigen glas, omklemde het met de volle hand en liet de nectar zachtjes schommelen.
'Op de misdaad,' proostte hij spottend.
Mevrouw De Cock bracht een schaal vol lekkernijen binnen en zette die op de ronde tafel. Daarna ging ze in de fauteuil naast haar man zitten. 'Heeft vader Van Hoogwoud,' vroeg ze met enige achterdocht, 'een volledige bekentenis afgelegd?'
De grijze speurder knikte.
'Vanmorgen. Het kostte niet veel moeite. Vader Van Hoogwoud was blij dat alles achter de rug was. Hij heeft bekend zowel Van Abbenes als Daerthuizen en Hardinxveld te hebben vermoord. Hij verklaarde, dat hij ook zeker Van Leemhorst had neergeslagen, als wij niet tijdig tussenbeide waren gekomen.'
Vledder grijnsde.
'En dat klopt weer keurig met onze ambtelijke waarnemingen.'
'Precies.'
De jonge rechercheur boog zich naar voren.
'Maar waarom?' riep hij ongeduldig. 'Wat dreef die oude Van Hoogwoud om drie mannen één voor één om zeep te helpen?'
De Cock nam voorzichtig een slokje van zijn cognac en zette daarna zijn glas naast zich neer.
'Om alles volledig te begrijpen,' begon hij, 'moeten we een poosje in de tijd terug. Vader, greenkeeper, Van Hoogwoud woonde met zijn drie kinderen op Amstelland. Het is niet zo verwonderlijk dat de kinderen contacten legden met leden van de golfclub. Vooral Marcel, die zelf aardig golf speelde, was erg geliefd. Toen Marcel wat ouder werd en de rijkdom van de clubleden vergeleek met het povere bestaan thuis, verkondigde hij aan een ieder die het maar horen

wilde, dat hij snel rijk wilde worden en dat het hem weinig kon schelen op welke manier dat gebeurde.'
Vledder grinnikte.
'Desnoods door misdaad.'
De Cock glimlachte.
'Dat zal hij vermoedelijk niet hebben gezegd, maar dat hij de misdaad niet schuwde, zal voor een ieder duidelijk zijn geweest. Op een dag werd hij benaderd door Mr. Van Abbenes. Na een vriendelijk inleidend babbeltje over seksuele geneugten, vertelde de advocaat hem, dat hij en zijn vrienden nogal gecharmeerd waren van jonge, liefst wat exotische meisjes. En dat men wel bereid was om daarvoor wat... eh, onkosten te maken.'
Vledder keek hem gespannen aan.
'Kinderprostitutie.'
De Cock spreidde zijn handen. 'Zo mag je het noemen.'
'En ging Marcel daarop in?'
De Cock knikte bedaard.
'Met geld, dat Van Abbenes hem in voorschot gaf, maakte Marcel een paar oriënterende reizen naar Sri Lanka en Thailand en binnen enkele maanden had hij een soort menselijke smokkellijn georganiseerd, die perfect bleek te werken. De meisjes, kinderen nog, van twaalf tot veertien jaar, genoten het voorrecht om door de heren van het sekskwartet kortstondig te worden bemind. Als de meisjes wat ouder werden, verdwenen zij naar sekshuizen overal in het land.'
Vledder ademde diep.
'Zo verdiende Marcel zijn geld.'
De Cock pakte zijn glas op.
'En de heren van 'het klaverblad van vier' hingen als teken van hun bijzondere viriliteit een gouden stiertje om hun nek.'
'Wat een schoften.'
De Cock nam een slok van zijn cognac.
'Marcel zorgde ook voor de lokaliteiten waar de heren hun seksfeestjes konden houden. Tijdens zo'n seks-orgie maakte Marcel ongemerkt een reeks foto's van de heren in buitengewoon compromitterende situaties.'
Vledder reageerde verrast.
'Ook chantage?'
De Cock grijnsde.
'Maar niet direct. Marcel opende bij de IJsselsteinse Bank een privé-

rekening en liet daarop door de heren de 'onkosten' storten voor zijn levende handelswaar.
Door een paar schandalen, gevolgd door een wat intensievere internationale controle, stokte na enige jaren de toevoerlijn. Toen Marcel nog maar weinig 'onkosten' kon declareren, begon hij het kwartet stelselmatig te chanteren. Ook daarvoor gebruikte hij zijn rekening bij de IJsselsteinse Bank, waarop de heren hun 'gaven' konden overschrijven.'
Vledder knikte. 'Daarom ontkende Daerthuizen het bestaan van die rekening.'
'Juist.'
De jonge rechercheur wipte in zijn fauteuil. 'Toch bespeur ik nog niets van een motief... een motief voor vader Van Hoogwoud.'
De Cock zette zijn glas neer.
'Vader Van Hoogwoud,' verzuchtte hij, 'is een wat vreemde man... in zijn opvattingen. Voor zijn kinderen was hij inderdaad de 'despotische patriarch', zoals Casper hem typeerde. Maar in zijn werk als greenkeeper toonde hij een bijna slaafse onderdanigheid. Vermoedelijk zullen sommige leden van Amstelland hem wel eens hebben vernederd. In ieder geval leefde in de oude man een sterke haat jegens de rijke leden van de golfclub. Toen Marcel zijn opmerkelijke welstand niet langer kon camoufleren, riep Van Hoogwoud zijn zoon ter verantwoording. Marcel vertelde zijn vader heel openhartig hoe hij aan zijn vele geld kwam. Aanvankelijk was de oude Van Hoogwoud woedend. Maar later draaide hij bij. Hij bleef bij zijn standpunt, dat de rijke heren zijn zoon door verlokkende aanbiedingen in het verderf hadden gestort, maar het idee, dat diezelfde zoon de hooghartige heren van 'het klaverblad van vier' machtig in zijn greep had, werd door hem gekoesterd.'
Vledder glimlachte.
'Daar genoot hij van?'
'Beslist. Ik ben er van overtuigd dat hij zijn zoon daarom zelfs heimelijk bewonderde.'
Vledder schudde zijn hoofd.
'Ik hoor nog steeds niets van een motief.'
De grijze speurder pakte uit de binnenzak van zijn colbert een notitieboekje en zocht de juiste bladzijde.
'Acquired Immunodeficiency Disease Syndrom,' las hij hardop.
Vledder keek hem verwonderd aan.

'Wat is dat?'
'AIDS.'
De jonge rechercheur reageerde verrast.
'Wat heeft AIDS er mee te maken?'
De Cock spreidde zijn handen.
'Alles. AIDS, gevoegd bij de sluimerende haat, vormde het motief voor vader Van Hoogwoud.'
'Dat begrijp ik niet.'
De Cock liet zijn hoofd iets zakken.
'Het heeft ook heel lang geduurd, voordat ik er iets van begreep. Eerst toen ik Van Leemhorst zover klem had gezet, dat hij mij alles vertelde over de seksclub, de kinderprostitutie en de rol van Marcel in die affaire, werd mij alles opeens duidelijk. Kijk, de heren van 'het klaverblad van vier' beseften heel goed, dat zij gedoemd waren om tot hun dood aan toe aan hun chanteur te betalen. Het spreekt, dat zij zich op middelen bezonnen om van hun kwelgeest verlost te raken. Er zijn heuse moordplannen beraamd, die om praktische redenen geen doorgang vonden. Vermoedelijk zaten de heren nu nog te puzzelen, als zich niet plotseling een gunstige gelegenheid voordeed. Ruim een jaar geleden kreeg Marcel een aanval van blindedarmontsteking en werd in het Mattheus-ziekenhuis opgenomen.'
Vledder slikte.
'Dr. Hardinxveld.'
De Cock knikte.
'Inderdaad... hij was het. Dr. Hardinxveld begreep, dat hij deze unieke kans moest waarnemen. En hij kwam op een idee. In het Mattheus-ziekenhuis werd op dat moment een jongeman verpleegd, die met AIDS was besmet. Hij heeft daarna ook niet lang meer geleefd. Maar voor hij stierf, nam Dr. Hardinxveld van hem een monster met AIDS besmet bloed en spoot dat tijdens de narcose bij Marcel in zijn aderen.'
'Moord.'
'Inderdaad... moord. Dr. Hardinxveld wist heel goed dat Marcel aan die injectie zou sterven... maar niet onmiddellijk. AIDS-virussen delen zich langzaam. Het zou enige tijd duren, voordat Marcel aan de gevolgen stierf. Het was geen directe moord... maar een moord op termijn.'
Mevrouw De Cock schudde haar hoofd.
'Afschuwelijk. Hoe kun je als arts zoiets doen?'

De grijze speurder glimlachte.
'Hippocrates en misdaad... in de annalen van de criminaliteit vullen zij vele bladzijden.' Hij zweeg even en wreef peinzend over zijn kin. 'Ik denk, dat Marcel zelf wel heeft beseft dat er iets met hem in het Mattheus-ziekenhuis was gebeurd. Toen hij later ziek werd, wilde hij ook niet meer worden opgenomen. Hij wantrouwde, zoals Casper zei, de moordenaars in witte jassen.'
Vledder boog zich weer naar voren. 'Hoe wist vader Van Hoogwoud, dat Marcel opzettelijk met AIDS was besmet?'
De Cock plukte aan zijn onderlip.
'Toeval speelt in ons leven vaak een grote rol. Daarbij moet je bedenken, dat vader Van Hoogwoud de heren van 'het klaverblad van vier' achterdochtig in de gaten hield. Op een dag zaten ze bij elkaar in het clubhuis en genoten van hun whisky. Toen Marcel en zijn chantage-praktijken ter sprake kwamen, zei Dr. Hardinxveld, dat het nog maar een kwestie was van enkele maanden. In die tijd zouden de AIDS-virussen, die hij had ingespoten, hun vernietigend werk wel hebben gedaan. Het was mooi weer en de heren zaten bij een open raam. Vader Van Hoogwoud, die op het terrein werkzaam was, ving brokstukken van het gesprek op. 's Avonds, bij de thuiskomst van Marianne, vroeg hij haar wat AIDS was. Toen hij vernam, dat AIDS in de meeste gevallen de dood ten gevolge had, bezwoer hij, mocht Marcel werkelijk sterven, zijn zoon te wreken.'
Vledder knikte begrijpend.
'Daarom zijn de moorden ook eerst na de dood van Marcel begonnen.'
'Precies.'
'Wie pleegde die vreemde telefoontjes?'
'Marianne... in opdracht van haar godsdienstige vader, die ook de tekst had bedacht.'
Vledder trok denkrimpels in zijn voorhoofd.
'Hoe kreeg hij de heren zo gek om in de nacht naar de plaatsen van afspraak te komen?'
De Cock gebaarde voor zich uit.
'Dat was niet zo moeilijk. Vader Van Hoogwoud zei, dat hij na het overlijden van zijn zoon, in zijn bezittingen foto's had aangetroffen waarop de heren in beschamende situaties stonden afgebeeld. Hij zei dat hij die foto's niet in zijn bezit wilde hebben en verklaarde zich bereid om ze zonder meer terug te geven.'

'En daar gingen ze op in?'
De Cock knikte.
'Het werd hun dood.'
Er viel een diepe stilte. Intens. Alleen het tikken van de pendule op de schoorsteenmantel vulde de kamer. De grijze speurder schonk de glazen nog eens in. Langzaam gleed de reeks gruwelijke moorden wat naar de achtergrond en kwamen ook andere onderwerpen ter sprake. Tegen elf uur nam Vledder afscheid. De Cock bracht zijn jonge collega tot aan de deur.
'Ben je met je eigen wagen?'
'Ja.'
'Wil je nog even naar de Kit rijden?'
'Om wat te doen?'
De Cock plukte een kladje uit zijn borstzak. 'Laat het opsporingsbericht van Franciscus van der Kraay vervallen.' Hij reikte het kladje over. 'En bel Kraaitje dan, dat hij weer vrij man is.'
Vledder bekeek het telefoonnummer.
'Zit hij daar?'
'Daar zit hij.'
'Dat wist je al lang?'
De Cock maakte lachend een afwerend gebaartje.
'Dat vechten we morgen wel uit.'
Toen Vledder was vertrokken, sjokte de grijze speurder terug naar zijn woonkamer en liet zich weer in zijn fauteuil zakken. Mevrouw De Cock pakte een poef en ging demonstratief pal tegenover hem zitten.
'Je hebt gelogen,' sprak ze streng.
De Cock keek haar schattend aan.
'Hoezo?'
Ze schudde haar hoofd.
'Het is niet waar. Vader Van Hoogwoud is niet verantwoordelijk voor alle drie moorden. Minstens één moord werd door een ander gepleegd.'
De Cock veinsde onbegrip.
'Welke?'
'De moord op Dr. Hardinxveld... die kon vader Van Hoogwoud nooit hebben gepleegd. Hij had daarvoor een trap moeten beklimmen en daartoe was hij lichamelijk niet meer in staat.'
Om de lippen van De Cock gleed een glimlach.

'Ze moesten jou bij de recherche inlijven,' sprak hij bewonderend. Zijn rechterhand tastte in een zijzak van zijn colbert. De glimlach op zijn gezicht verdween. Langzaam vouwde hij zijn hand open. Op zijn handpalm lag een broche... een brede, glimmend ronde rand, kunstig opgevuld met ragfijn filigrainwerk.'
'Wat is dat?'
'De broche van Marianne. Ik vond hem half onder het lijk van Dr. Hardinxveld.'
'Zij pleegde die moord?'
De Cock knikte met een somber gezicht.
'Marianne kon geen weerstand bieden aan de psychische druk van haar vader. Door Dr. Hardinxveld een vrijpartijtje in het vooruitzicht te stellen, lokte ze hem naar het weinig gebruikte archief en sloeg hem daar dood.'
Mevrouw De Cock keek haar man niet begrijpend aan.
'Je liet haar gaan?'
De grijze speurder wreef zich achter in zijn nek.
'Ik ben,' sprak hij aarzelend, 'met deze broche in mijn zak naar vader Van Hoogwoud gegaan. In zijn huisje op het terrein van Amstelland heb ik de broche voor hem op tafel gelegd. Toen deed ik hem een voorstel.'
Mevrouw De Cock knikte traag voor zich uit.
'Ik begrijp het,' sprak ze zacht. 'Hij zou de schuld van alle moorden op zich nemen en jij... jij zou Marianne laten gaan.'
De Cock sloot zijn hand om de broche. 'Zo was het.'
'Waar is Marianne nu?'
De Cock trok achteloos zijn schouders op.
'Ver weg. Ik denk... ergens in Afrika. In ieder geval op een plek, waar men een ervaren verpleegster heel goed kan gebruiken.'
'En zo'n plek... vond jij... was niet de bajes.'
De Cock keek zijn vrouw vertederd aan.
'Je schijnt me te kennen.'

De volgende boeken van Baantjer zijn bij de Fontein verschenen:

De Cock en het sombere naakt
De Cock en de wurger op zondag
De Cock en het lijk in de kerstnacht
De Cock en de treurende kater
De Cock en de ontgoochelde dode
De Cock en de romance in moord
De moord op Anna Bentveld
Een strop voor Bobby
De Cock en de naakte juffer
De dertien katten
De Cock en de dode harlekijn
De Cock en de stervende wandelaar
De Cock en de dansende dood
De Cock en het lijk aan de kerkmuur
De Cock en de zorgvuldige moordenaar
De Cock en de broeders van de zachte dood
Uit het leven van een Amsterdamse diender
Een Amsterdamse rechercheur
De Cock en het dodelijk akkoord
Doden spreken niet
De Cock en de moord in seance
De Cock en de moord in extase
Misdaad in het verleden
De Cock en de smekende dood
De Cock en de ganzen van de dood
De Cock en de moord op melodie
De Cock en de dood van een clown
De Cock en een variant op moord
De Cock en moord op termijn
De Cock en moord op de Bloedberg

Verkrijgbaar bij de boekhandel